グラウンドの詩《うた》

角川文庫
19162

目次

一章　みんなの夢　五
二章　今日と明日と。　八九
三章　風の向こうに　一五八
四章　この光を受け止めて　二三〇
五章　グラウンドの詩　二六八

〈人物紹介〉

作楽透哉《さくらとうや》……親元を離れ、八頭森《やずもり》にやって来た。ピッチャーとしてずば抜けた才能を持っている。ある理由から野球を辞めていたが、再びグラウンドに戻る。

山城瑞希《やましろみずき》……八頭森東中学校野球部のキャッチャー。甲子園を夢見る。透哉の才能を確信し、再び野球を始めさせようと誘い続け、バッテリーを組む。

田上良治《たがみりようじ》……瑞希の幼馴染《おさななじ》みでよき理解者。守備はファースト。頭の回転が速くそつがない。

作楽美紗代《さくらみさよ》……透哉の祖母。高慢な性格で周囲の反感を買っていたが、突然孫を預かることになり、少しずつ変化していく。

一章　みんなの夢

白いボールが跳ねた。

高く跳ね上がった。

夏空は蒼《あお》く、雲は無く、ボールは天からの光を浴びて一瞬、白く煌《きら》めいた。

瑞希《みずき》は全身を伸びあがらせて、白い光を捕らえる。

ミットに確かな手《て》応《ごた》えがあった。

「うん、よく止めたな、瑞希」

背後で鉦土《かねど》監督が小さく息を吐き出した。瑞希も額の汗を拭《ぬぐ》い、吐息を一つ、漏らしてみる。

ほんとうだ、よく捕れた。

跳ね上がり、頭上を越えようとするボールによく食らいつけた。表現が適切かどうかわからないけれど、文句なしの暴投、絵に描いたようなワイルドピッチだ。もう一度、汗を拭う。拭っても、拭っても汗は滲《し》み、粒となり、流れ落ちた。

首筋に日差しが照りつける。じりじりと炙《あぶ》られる。まだ、午前九時を僅《わず》かに回っただけなのに、真夏の日は剛力だ。容赦なく地を、人を射る。空へと手をかざせば、かざした手のひらを真っ直ぐに光が射貫《ぬ》く。そんな幻覚さえ起こさせる。

八頭森《やずもり》東中学校のグラウンドは夏のただ中にあった。夏休みが始まってからほぼ毎日、豪雨に襲われた二日間を除いて、午前中の三時間と夕方の二時間を野球部員たちは、全国大会に向けての練習に費やしている。

今もそうだ。朝七時に集まり約二時間の守備練習が終わり、打撃練習に移ろうとしている。ただ、バッテリーだけはグラウンドの隅、急拵《きゅうごしら》えではあるけれどちゃんとマウンドが作られた一角でピッチング練習を続けていた。

山城《やましろ》瑞希はミットになんとか納まったボールを握り、二度目の吐息を漏らした。ほとんど無意識の仕草だった。

疲れた大人のような吐息だと気が付き、少し慌てる。

「おしっ、透哉《とうや》、もう一球」

わざと陽気な大声をマウンドに向ける。マウンドには、作楽《さくら》透哉が立っていた。八頭森東が全国大会出場を決めた、その原動力となったピッチャーだ。透哉が八頭森に現れるまで、八頭森東野球部にはピッチャーらしいピッチャーは存在しなかった。確かな候補となる者さえいなかったのだ。ピッチャーがいなければチームはなりたたない。どのポジションもむろん大切なことにかわりはないが、ピッチャーは別格だ。ピッチャーは九人の選手の中で唯一人、マウンドという場所に立つ。彼が投げなければ試合は始まらない。そして、キャッチャーは唯一人、ピッチャーに向かい合う。

そのピッチャーを八頭森東は手に入れることができなかった。

「瑞希、他のポジションなら何とかできるんや。向き不向きはもちろんあるけどな、そこんとこだけ見極めれば、ショートはショートに、レフトはレフトに作り上げてみせる。その自信はあるんや。けど、ピッチャーだけはだめや。あれは、別物やでな」

「別物、ですか」

「そうや。別物。他のポジションみたいに後で作り上げるっちゅうわけにはいかんのんや。鍛えることとか、育てることはできても、ゼロから作ることはできん。おれの言うてる意味、わかるか？」

「わかるような、わからんような……やっぱ、ようわかりません」

「だろうな。そう簡単にわかられたらおれの立場がないとこやった。うん、わからんでええんや」

「監督、どういう意味なんです」

「そりゃあ、やっぱり大人の立場ってものの難しさでな」

「立場じゃのうて、ピッチャーの話です。ゼロからは作れんてやつです。そっちに話を戻してください」

「わかった。うるさいな。おまえは、すぐムキになる。それがええとこでもあるし、欠点でもある」

「ムキになるようなことを監督が言うんやないですか。気になってしょうがないのにやたら焦《じ》らすんやから。悪ふざけか意地悪しよるとしか思えません」

「おれが何でおまえ相手に悪ふざけせなあかんのや。意地悪なら、ときたまやるかもしれんけどな」

「監督、話を戻してくださいったら」

「わかってる、わかってる。だから、ピッチャーってのは後から作るんやなくて、元々できてるんや。つまり、球を投げるために生まれてきたやつじゃないと、本物のピッチャーにはなれん。ピッチャーってのは、生まれながらにピッチャーなんや。それが、他のポジションとは違うとこや。わかるか？」

「はい」

「わかるか、瑞希」

「わかるような気がします」

「そうか、わかるか。さすがやな」

「けど、それならうちのチームどうしたらええんでしょうか。ピッチャーに相応《ふさわ》しいやつ……正直、おれ、見当がつきません」

「それや。それが問題なんや。まさに難問中の難問。今年ほど粒のそろったええチームはない。これは、ほんまのこっちゃ。なのに、ピッチャーがおらん。一番要《かなめ》のピースが抜け落ちてしもうてる。これをどうするか。頭が痛いとこや。う〜、ほんまにガンガン痛む」

「二日酔いじゃないですか」

「瑞希、監督&教師に向かって、なんだその言い草は。ボケかましとる場合か。おれは、ほんまに悩んでるんやぞ。ピッチャーのおらんチームの監督なんて、まったくどうすりゃいいんだ」

「おれだって、悩んでます。ピッチャーのおらんキャッチャーなんて、アホみたいやないですか。どうすればええんですか」

「何とかせんと、あかんな」

「ええ、何とかせんとだめです」

鉦土監督とそんな会話を交わした。交わしたあと、二人とも黙り込み、どちらからともなく横を向いてしまった。

ピッチャーがいない。

バッテリーを組む相手がいない。

瑞希は途方にくれる。

途方にくれたまま、為《な》す術《すべ》もなく過ぎていく時間に焦り、苛立《いらだ》ち、失望し、落ち込んでいた。

作楽透哉と出逢《であ》ったのは、そんなころだ。

五月、庭のサクランボの実が例年になく早く色付き、食べ頃になった時分だった。

奇跡。

透哉との出逢いを一言で表すなら、その言葉しかないと思う。

奇跡って本当にあるんだ。漫画や物語やドラマの中だけではなく、現実に奇跡は起こるんだ。

たかだか、球を投げられるやつが転校してきただけだろう。それを奇跡？ ちょっと、大げさじゃないか。

大人はそんな風に嗤《わら》うかもしれない。この国の大半の人が名前も知らない小さな地方の町の、小さな中学校の野球部だ。ピッチャーがどうのチームがどうのと騒ぐほどのものじゃない。そう言い捨ててしまうかもしれない。

けれど、瑞希にすれば、透哉が八頭森東中に転校してきたことは、一生に一度あるかないかの奇跡だった。透哉とバッテリーを組めることは、この世界のどんなものより意味のある、価値のある出来事だったのだ。

自分にとって意味があればいい。価値があればいい。

そう思う。

他人が〝たかが〟と嗤うほどの想いであっても、自分が大切ならいいのだ。それで十分なのだ。

透哉にも、幼馴染《おさななじ》みでチームの一塁手でもある田上良治《たがみりようじ》にも、鉦土監督にも、むろん、親にも、一切口外はしないが、瑞希は強く思うのだ。

透哉との出逢いは奇跡だった。間違いなく、奇跡だった。神さまが気紛《きまぐ》れからか、親切心からか、作楽透哉をひょいと瑞希の前に運んできてくれたとしか思えない。

その思いは、透哉とバッテリーを組み、最後のピースがぴたりと合わさってチームが出来上がっただけでなく、地区予選を勝ち抜いて頂点に立った、つまり、全国大会出場の切符を手に入れたことで、さらに強く、濃くなった。

おれは奇跡を手に入れたんだ。

負けるわけがない。

高揚感と自負と自信が綯《な》い交ぜになって渦巻き、うねり、十四歳の胸を高鳴らせるのだ。

「おまえ、調子乗り過ぎ」

良治に言われた。

練習を終えた帰り道だった。空も地もまだ明るく、田んぼでは蛙が喧《やかま》しく鳴いていた。目の前をトンボが過《よぎ》り、透明な翅《はね》をちかりと輝かせた。

「傍《はた》から見てて恥ずかしいほど、調子こいてんぞ。自粛しろ自粛」

「おれのどこが調子こいてる」

「顔」

額の真ん中を指差され、瑞希は思わず顎《あご》を引いてしまった。

「顔がマジで調子乗り過ぎてる。『おれ、サイコーに幸せ』オーラ全開にしちまってよ、でれでれ蕩《とろ》けちゃって、やたら張りきっちゃって、ほんま、みっともねえぞ。自粛、自粛、自粛、自粛、自粛」

「うるせえよ」

顔を顰《しか》め、良治の手をはらう。

「全国大会やぞ。おれらが全国大会に出場するんやぞ」

「そんなん、おまえに言われんかて、わかっとるわい。毎日、毎日、カネちゃんから耳タコなぐらい聞かされとる。『おまえたちは全国大会に出場する。そういうチームなんや。誇りを持て』ってな」

「上手《うま》いな」

「はあ?」

「カネちゃんの真似。そっくりやん」

「まあな。日々精進しとるけ」

「監督の物真似の精進して、何になるんや」

「何にもならんことをするのが楽しいんやないか。おまえやカネちゃんみたいに、熱くなって、やたら気合入ってるより、ずっとマシやで」

良治は唇を尖《とが》らせ、鼻先で笑った。

「あのなぁ、全国大会やぞ。ぜ・ん・こ・く。張りきるんも、気合が入るのも当たり前やないか。つーか、チーム全員がテンション高いで。おまえだって、地区の決勝のあと、ものすげえコーフンしてたやないか。練習だって、欠かさず出て来てるし」

「だからぁ、メリハリですよ。メ・リ・ハ・リ。オンとオフ。それが、だいじなんや。練習はきっちりこなすし、努力もする。けど、一日、そのテンションは無理でしょ。それなのに、おまえときたら、一日中テンション高くて、もう、うざい、うざい」

そこで良治はわざとらしくため息を吐いた。

「おまえと透哉を足して二で割ったら、ちょうどええ按配《あんばい》になるんやけどな」

透哉とは途中まで一緒だった。つい、数分前に別れたばかりだ。

透哉は静かだ。特別に興奮することも、張りきることもない。静かに、淡々と球を投げている。

「これだけ気迫が伝わらんのに、これだけ威力のある球を投げられるピッチャーってのも、珍しいな」

鉦土監督が首を傾げながら、呟《つぶや》いた。何度か、その呟きを耳にした。生まれつきの性質なのか、敢《あ》えて自分を抑制しているのか、確かに透哉には気迫とか闘志といった言葉とは無縁の雰囲気がある。

静かだ。

普段、ほとんどしゃべらない。話しかければ簡単な受け答えが返ってくるけれど、透哉から何かを語ってくることはめったにない。だから、たまに「あの、山城くん……」などと呼びかけられると、瑞希はどことなく緊張するし、嬉《うれ》しくもなる。このところ、透哉との会話も少しずつだが増えている。その手応《てごた》えも、嬉しい。

「いくらバッテリーかて、足して二で割るわけにいかんのが人の世の習い。辛《つら》いとこやでなあ」

良治の物言いが妙に年寄りくさくなる。瑞希は鼻先で笑ってみたが、良治のように上手くいかなかった。

「透哉は透哉でええんや。おれだって、このままでええ。おまえにうざがられても、別に何もこたえん。どーだってかまわんしな」

「あほ」

良治が不意に真顔になった。

「おれがうざい、うざくないちゅう問題やない。気をつけろって忠告しとるんやないか」

「忠告？　いつ、そんなもんした？」

「何気《なにげ》にしたんや。あぁ、瑞希みたいなニブオには、変化球は無理ってことやな。昔からど真ん中ストレートしか打てんやつだったのを忘れてたで。不覚、不覚」

良治の持って回ったややこしい物言いには慣れている。そして、何気ない忠告とやらが、ときに鋭く的を射ることも知っている。

「ストレートで話せ。何や、忠告って」

「好事魔多し」

「へ？」

「小島大志《こじまたいし》は、うちのセンターで七番」

「良治……何を言うてるんだ。小島先輩が何の関係がある？」

「だから、今のうちのチームみたいに調子良くてがんがん飛ばしてるときってのは、つまずき易いって話。一人一人が調整して気をつけんと、やばいで。全国大会に出てくるようなチームっちゅうのは、たいがいが、わんさか部員のおる都会のチームや。一人や二人、故障したかて回るやろ。けど、うち、ぎりぎりやからな。レギュラーの誰かが怪我でもしたら、とんでもないことになるぞ。と、ここまでは、おまえのストレート頭でもわかっとるな」

「わかってる。カネちゃんからも怪我だけは気をつけろって毎日、言われとるやないか。みんなストレッチも入念にしとるし、休息もちゃんととってる」

「そう、ちゃんとやってる」

良治が人差し指を真っ直ぐに立てた。その先をトンボが掠《かす》めて過ぎる。オニヤンマだ。

「けど、ハプニングってのは、こっちの予想もつかんことが起こるからハプニングなんやぞ。何が起こるかわからん。先が読めない。それが野球で、だから、おもしろい。これ、確か瑞希くんの持論でしたよね。ふふふん」

「そうやけど、キモイ言い方すんな」

「ふふふん、ふん。何が起こるかわからないってのはね、試合だけじゃねえんだよ。突然のハプニング、不測の事態、そういうのがぼろぼろ出てくるってのは、みんなが張りきって『おれたち、むちゃくちゃチョーシええ』なんてのってる時なんじゃねえのか。好事魔多し、小島大志はセンターで七番」

口調は冗談めかして軽かったけれど、良治の目元はさほど笑ってはいなかった。もともと、良治は用心深く慎重な性質だ。冷静で、どこか冷めてもいる。だからこそ、瑞希には思いも至らない現実を見据えたりもできるのだろう。妙にカンの働くところもあった。たいがいが悪い方にだけれど。

ちょっと不安になる。

「おまえの考えるハプニングって、どんなんや」

つい小声になってしまう。囁《ささや》きに近い声音になってしまう。

「そんなん、わかるかい。予測できんからハプニングやないか」

「例えばや」

「例えばか……例えば……」

「うん。例えば？」

「透哉が急に調子を崩すとか」

「透哉が！　そんなこと、ありえん」

「例えばの話やないか。野球は、ありえんことがありえるから、怖いし、おもしろい、やろ？」

「おもしろくねえよ。馬鹿馬鹿しい。透哉のピッチングがどんなもんか、おまえかてわかってるやろ。あいつのこと最初に見つけたの、おまえなんやから。調子が崩れるなんて、絶対にありえない」

「言い切れるわけ？」

「言い切れる。おれは、ずっとあいつの球を捕ってきたんや。おれだから、言い切れる」

「あっそうですか。そうですか。たいそうなご自信で、ようございます。けど、瑞希くん、気をつけなさい」

良治が小さく舌を鳴らした。

「透哉だって、フツーの人間、フツーの中坊なんや。どこで調子が崩れても、おかしゅうないで。全国大会に出場できるってんで、周りの期待度、えらく上がってるやないか。役場で壮行会開こうなんて話まで出とるらしいで。透哉にしたら、けっこうしんどいんと違うか。おれたち以上に周りの圧力、感じてるんと違うか」

瑞希《まばた》きする。それから、ゆっくりかぶりを振った。

「それは、ないと思う」

透哉の球は整然と美しい。いつ受けても、堂々とミットに食い込んできた。強靭《きょうじん》で美しい球なのだ。

「なら、ええけど。まっ、気を付けや。キャッチャーさん」

良治は瑞希の肩を突くと、その手をひらりと振った。

分かれ道に来ていた。良治は右に曲がり、瑞希はまっすぐに進む。

「じゃあな、バイ」

「ああ、さよなら。また明日《あした》な」

子どものような、別れ言葉を口にしたのは良治の一言一言が心に引っ掛かって、ぼんやりとしていたからだろうか。

「ハプニングか」

呟いてみる。口の中に苦味が走ったような気がした。

「気にし過ぎだ。良治」

もう一度呟いて、瑞希は歩き出す。足早に、ほとんど走るような歩調で家までの道を急いだ。

透哉の調子が乱れ始めたのは翌日からだった。

ストライクが入らない。

まったくというわけではないけれど、機械のように正確にストライクゾーンに入ってきていた球が、三球に一球は外れてしまう。しかも、明らかにボールとわかる球となるのだ。

頭上を遥《はる》かに越していくことも、横っ跳びに手を伸ばしても届かないことも、ワンバウンドして大きく逸《そ》れてしまうこともある。それが、もうずっと続いていた。

「うーん、ここに来て、どうしたかな」

鉦土監督もさすがに焦り始めていた。全国大会の開催日まで、すでに一ヵ月を切っている。

「暑さでバテたかな」

「……そうは思えませんけど」

とんでもないコースに飛んではくるけれど、ミットに納まった球の感触は少しも衰えていない。

剛力なままだ。

夏バテした者の球ではない。

「少し、休ますか。よし、ラスト一球だ」

監督が指を一本、空へと向けた。

ラスト一球。まっすぐに白球が飛び込んでくる。

確かな手応《てごた》え。手のひらに一球の重さが伝わってくる。

「この球が放れるのになあ」

監督の独り言が聞こえる。

瑞希はボールを手に立ち上がった。

暑い。

肌を焼き、肉を刺す暑さだ。

もっとも、この暑さも後一月足らずだろう。後一月、八月も末近くになれば、八頭森の町はしだいに秋めいてくる。

しだいに……いや、不意に、だ。不意に風の向きがかわり、涼やかになる。それまで、たっぷりの熱と湿気を含んでいた風が、不意に軽やかに乾いた秋風になる。そうすると、八頭森の四方を囲む山々は、さっさと夏衣を脱ぎ捨て秋の支度に入るのだ。

あれほどぎらついて尖《とが》り、激しかった日差しは緩み丸くなり、淡々と儚《はかな》げになる。猛々《たけだけ》しい緑に覆われていた山々は、儚げな日差しの中で紅にも黄色にも、茶褐色にも色を変えていく。

唐突に二度、三度、夏がぶり返すことはあっても、長くは続かず、むしろ、翌日にはさらに秋めいて冷ややかな朝が訪れたりする。

季節の盛りとは、次の季節の端境期《はざかい》でもある。八頭森の夏はとくにせっかちで、毎年足早に通り過ぎ、さっさと秋を招き入れるのだ。

そういう時季が近づいていた。

いつもなら季節の移ろいにも景色の変化にも、どれほども心を動かされはしない。瑞希の家は兼業農家だから、夏の終わりから秋にかけての一カ月間は、やれ葡萄《ぶどう》の収穫だの袋詰めだの、稲刈りだの脱穀だのと、やたら忙しい日々が続く。両親は景色を愛《め》でる暇もゆとりもないし、瑞希は手伝いや母の小言からどうやって逃れられるか、そればかりを考えて日々を過ごす。

けれど、今年は大きな目標ができた。目標に向かって進む日々は充実していて清々《すがすが》しくさえある。それが気分のゆとりになるのか、瑞希は時間の許す限り、積極的に農作業に加わった。

もっとも許す限りは許す限りでしかなく、一に野球の練習があって、二に睡眠と食事があって、それでも時間があれば葡萄畑や田に出向く。その程度のものだ。

以前、瑞希が小学生のころは農繁期ともなると、すでに社会人だった長兄を除いて、一家全員が当たり前のように駆り出された。〝許す限り〟など許されず、瑞希は収穫した葡萄を袋に詰める作業を言いつけられ、朝から夕方まで、出面《でめん》さんと呼ばれる手伝いのおばさんたちに交じって働かされたものだ。

一日の作業が終わるころには、爪の先は葡萄色に染まり、肩は凝り固まってしまう。葡萄の色は指と爪の間にも染み込んで、洗っても洗っても、うっすらと残ってしまう。そんな肉体労働より嫌だったのは、おばさんたちの猥談《わいだん》だった。

「瑞希ちゃん、どうや。好きな女の子でもできたか」

「もうすぐ中学生《あこ》やもんな。好きな子ぐらいおるわな」

「おや、顔を赤うして。まだ、子どもやなあ、かわいいわ」

「どうやん。あっちの毛ぇはもう生えたかや」

「これこれ、克子《かっこ》さん、子どもに変なこと聞かんの」

「なんでやの。大事なとこに毛が生えんかったら、男でも女でも一大事やで。変なことであるもんか」

「あんたのは、とっくに擦り切れてるんやろ」

「よう言うわ。あんたこそ、使い過ぎてぼろぼろになっとるのと、ちがうか」

おばさんたちは、誰も陽気で開けっぴろげで、瑞希の前でも平気で露骨な言葉を使い、卑猥《ひわい》な話を飽きもせず続けた。

それが嫌でたまらず、葡萄を放り出して逃げだしたこともある。後で父にこっぴどく叱られ、出面のおばさんたちを本気で恨んだりもした。

もう、ずい分と昔のような気がするが、ほんの四、五年前のことに過ぎない。今は、出面さんも雇わず、父と母の二人で農作業の全てを賄う。成績優秀だった次兄は国立大学に進学し家を出ている。

半人前とはいえ、最後に残った男手として何か手伝わねばと、瑞希なりに気を使ったのだが、母の和江《かずえ》に笑い飛ばされた。さらに、

「殊勝な心がけやな、瑞希。野球の調子がええときは、親孝行を考えるゆとりも出てくるんや」

と、看破されてしまった。

「そういう言い方ないやろ。人がせっかく手伝おうって言うてるのに。マジ、ムカつ

く」

一応、言い返してはみたものの、確かにその通りなので声に力がこもらない。

ピッチャーがいなくて、地区大会への出場さえ危ぶまれたチームが、地方大会で優勝した。全国大会に出場する。

心は浮き立って、浮き立って、今なら誰にでも優しくなれるし、どんな仕事でも手伝おうという気になる。

母は、息子の心情をちゃんと見通しているのだ。

「気持ちだけ貰《もろ》うとくわ。葡萄も田んぼもお父さんと二人で何とかなるし。あんたは、今は野球をがんばり。みんな応援してくれてるで。全国大会に出るなんてすごいって、な。買い物に行くたびにスーパーで誰かに呼びとめられて『おめでとう、おめでとう』って言われるんや。うちまで祝うてもらえて、ほんま、果報やで。ええ親孝行してくれたて喜んでるんよ。ありがとうね」

こうまで素直に感謝されると、照れるのを通り越して居たたまれない気分になる。

「いや、別に、おれ、おかんのために野球してるわけやないし……勝手にそっちが喜んでるだけで……」

などと、我ながら可愛げのない返事をしてしまった。母の笑顔がさらに優しげになる。

「あんたがどう思おうと、うちは果報を分けてもらった気がしてるんよ。ほんまに、ええ息子を持ったもんや。けどな、瑞希」

「なんや」

「この世は、野球だけでできてるわけやないで。あんた、この夏休み、野球だけしてすますつもりじゃないやろな」

和江が居間のテーブルを指さす。その上に放り出してある数冊の問題集を指さす。

「せめて、夏休みの宿題だけはきちんとしときなさいよ。野球に夢中で何にも手を付けてませんでしたなんて、通用せえへんで」

「そんなん、言われんでもわかってる。まったく、小学生やあるまいし、勉強、勉強って親に言われんかて、やるわい」

「おや、そりゃあまた頼もしいお言葉やねえ。ほな、さっさととりかかりぃ。夕方はまた練習があるんやろ。それまでに、しっかりお勉強、しときなさい」

「ちぇっ、まったくうるせえな」

「瑞希」

母に背を向けたとたん、呼びとめられた。わざとらしく渋面を作り、振り向く。

「なんや、まだ何か」

「透哉くんが来てくれて、よかったな」

「え？」

「透哉くんが八頭森に来てくれて、よかったな」

和江の目尻《めじり》がさらに下がる。

可愛い笑顔やな。

ふっと思った。

初々しい少女のように、可愛い笑顔だ。

「おまえのお母さんはなあ、若いころ、ほんまに可愛かったんやぞ。なんちゅうか……うん、桃やな。桃の花みたいに可愛くて、にっこり笑いかけられたりしたら、もう、頭がぼうっとするぐらいやったんや。そりゃあもう恋のライバルはたくさんおってなぁ。結婚申し込んで、『ええよ』って言われた時には、ほんまに夢かと思うた。自分の頬べたを跡が残るぐらいつねったもんや。いや、ほんま、お母さんは可愛かったんやぞ。ほっそりして、子鹿みたいやったなあ」

「親父、みんな過去形なんやな」

「あ……うん、まあな。顔はともかく身体は、ちょっと膨れたでなあ。昔の跡をどこに留《とど》めんてやつや。子鹿やのうて堂々たる雄鹿みたいになったでなあ。いや……それはそれでなかなかに、ええもんやけど」

「ほんまに、そう思うてるのか」

「思うてる、思うてる。絶対に思うてるで」

子鹿を思わせて細く愛らしかった女性は、農家に嫁ぎ、三人の息子の母親となり、堂々たる雄鹿のように逞《たくま》しくなった。子鹿のままでは現実と戦えない。

父が長年勤めていた製材所は地区大会が始まる直前に、倒産した。葡萄《ぶどう》も米も野菜も、安定した収入をもたらしてはくれない。

山間《やまあい》の、農と林業より他はさしたる産業もない町の状況は年々、いや一月一月、厳しさを増しているようだ。

和江は堂々とした体軀《たいく》と強靭《きょうじん》な精神を武器に、現実と対峙《たいじ》している。

このごろ、瑞希はたまにだが、そんな風に考えたりもする。ほんとうに、たまにだ。

普段、家族についてあれこれ考えることなど、めったにない。

今は、母の笑顔を可愛いと思う。若者だった父が一目で魅せられたという少女の面影が、ちらりと過《よぎ》った気がした。

「透哉くんに会えて、よかったやないの」

「うん」

はっきりとうなずいていた。とても素直に、従順な子どものようにうなずいていた。

会えてよかった。

奇跡に等しい出逢《であ》いは野球の神さまの粋《いき》な計らいだろうか。ただの気紛《きまぐ》れだろうか。

どちらでも構わない。

ともかく、おれは透哉を手に入れた。

「作楽のお婆ちゃんも、たまにはええこと、するんやな」

和江の口調に僅《わず》かだが皮肉の色合いが混ざる。

作楽の婆さん、作楽美紗代《みさよ》は八頭森の内では、一、二を争うぐらい嫌われている人物だ。権高いのだ。作楽家はこの辺り一帯では、屈指の旧家で江戸時代の初めから続く家柄なのだとか。

瑞希たちからすれば、家柄など隣家の夕食のおかずほどにも興味がわかない。腹の足しにもならないし、特別な能力を授けてくれるわけでもない。正直、何の役に立つのか想像もできなかった。きっと、何の役にも立たないのだろう。

しかし、作楽の婆さんにとって『家柄』は、この世で最も価値のある、意味のあるものらしい。

わたしは作楽の末裔《まつえい》。下々の者たちとは違う。

そんな態度を露骨に示す。

嫌われるのは当然だろう。八頭森だけではないだろうが、他者を見下すことで優位を保とうとする傲慢《ごうまん》、驕心《きょうしん》は何より厭《いと》われる。人が生きていく上で必要なのは、時代遅れの自負心ではなく、周りと手を繋《つな》ごうとする気持ちだと、誰もが知っているのだ。

作楽の婆さんは、そのあたりを理解しているのかいないのか、権高な態度や物言いを改めない。

家の場所が悪いのだと、瑞希は思う。

作楽の、家というより屋敷と呼ぶのが相応《ふさわ》しい大きな建物は、辺りを一望できる丘の上に建っている。あんな所に子どものころから住んで八頭森の家々を見下ろしていたら、そりゃあ権高にも傲慢にもなるだろう。子どものうちから培われ、心に染み込んだ自負心はそう簡単に変えられるものでも、消せるものでもないはずだ。

そう考えれば、痩《や》せた小さな婆さんが哀れにも思えてくる。思えてはくるけれど、やはり、嫌いだった。物を言うのさえ億劫《おっくう》な相手だった。

もっとも、自分が作楽の婆さんと口を利くことなど、これまで滅多になかったから、億劫も面倒も関係なかったのだが。

透哉は作楽の婆さんの孫だ。春と夏の間《あわい》の頃、八頭森東に転校してきた。婆さんの孫なのは確かだけれど、孫だとは信じられない。

あまりに違い過ぎる。

透哉には傲慢さなど微塵《みじん》もなかった。むしろ、著しく欠落している。

鉦土監督がよく、

「作楽、もう少し胸を張れ。おれは日本一のピッチャーだって、胸を張ればええんや」

と発破を掛けるのだが、透哉は困惑したように目を伏せるだけだ。

ピッチャーであろうとなかろうと、人は粗暴であってはならない。他者を威嚇《いかく》したり、傷つけたり、無理やり従わせようとする蛮行は、誰であろうと許されないはずだ。粗暴であってはならない。でも、猛々《たけだけ》しくはあらねばならない。相手打線をおれの手でねじ伏せてみせる。力ずくで倒してみせる。

それぐらいの気骨がピッチャーには要るのだ。そんな気概を持てる者だけが、マウンドに立つことができる。

瑞希はそう信じていた。うまく説明なんかできないけれど、努力だけではどうしようもない才能、生まれながらの資質がピッチャーには備わっている。備わっているからこそピッチャーになれるのだ。

ところが、作楽透哉は猛々しさの欠片《かけら》も持ち合わせていない。獲物にとびかかり食い千切る肉食獣の猛々しさではなく、餌食《えじき》になる方、兎だとか鹿だとか草食動物の儚《はかな》さばかりを感じさせる。

祖母《ばあ》さんの傲慢さを少し分けてもらえ。

たまにだけれど、瑞希は、透哉に言いたくなる。ほんとうに、たまになのだけれど。

たいていは、透哉の球を受け、胸がすく感覚に満足し、肉食獣だろうが草食動物だろうが関係ないと思ってしまう。

それほど、魅惑的な球だった。

おれ、キャッチャーやってて、よかった。

ミットの手入れをしながら、しみじみと独り言を呟《つぶや》く。そんな癖がいつの間にかついてしまった。

我ながら年寄り臭いと苦笑いしてしまう。しかし、ミットの革とオイルの匂いが一つに溶け合い、鼻腔《びこう》をくすぐる度にほろりと独り言が漏れる。

おれ、キャッチャーやってて、よかった。

中古だけれど上質のミットは長兄からの贈り物だ。このミットが届いた翌朝、透哉に出逢《であ》った。もちろん偶然だ。偶然に決まっている。頭ではわかっているけれど、心がうなずいてくれない。

偶然なんかであるものか。こうなることは、最初から決まっていたんだ。

運命も神仏も信じていないくせに、瑞希の心は強く主張する。

逢うべくして逢った。

逢うべくして逢い、一緒に全国大会に行く。

最高やないか。

最高だ。

数日前だったか、良治に嗤《わら》われた。もっとも、良治にはしょっちゅう嗤われている。この日だけが特別ではない。

良治は目付きにも口元にも皮肉な色を浮かべて、瑞希に告げた。

「おまえなあ、透哉に出逢ってから、ずっとテンションあがりっぱなしやないか。まるで」

そこで、意味ありげに口をつぐむ。

「なんだよ。何がまるでなんや」

「いやあ、別に言わんかてええことなんやけどな。おれ的にはそれほど、言いたいことでもないし」

「良治、おまえ何でわざわざややこしい言い方をする？　はっきり言え、はっきり」

「いや、だから、まるで……みたいだってことだ」

「だから、おれが何みたいなんや」

「言っちゃっていいのかなぁ。言わなくてもいいようなことなんだけどなぁ。瑞希くんは、見かけによらず気にしぃやから、言わない方がええんとちがうかなぁ」

「もう十分、気になってるわい。おまえ、ほんと苛《いら》つくやつやなあ」

思いっきり良治を睨《にら》んでみたけれど、睨まれた方は蚊に刺されたほども動じていない。

「瑞希くんがそこまで言っちゃうなら、こっちも言っちゃうよ。まるで、初恋のカノジョがずっと忘れられなくて、恋心をずるずる引きずっていたところに、チョー美人になった初恋のカノジョと再会して、もうメロメロになっちまって、一か八か当たって砕けろ、ダメモトでやるだけやっちゃえ精神でプロポーズしたら、意外にあっさり『いいわよ』なんて返事を貰《もら》って有頂天になっている中年男みたいやぞ」

「長《なげ》ぇな」

「ぴったりな喩《たと》えやろ」

「わけわかんねえよ」

「おまえ、ほんまに鈍いからなぁ」

良治が舌を鳴らし、芝居じみた動作で肩を竦《すく》めた。その物言いにもその態度にも、本気で腹が立った。

「おまえなぁ、いいかげんにしとけ」

良治の胸倉を摑《つか》んだとき、背後から声をかけられた。

「あの……山城くん」

振り向く。

透哉が立っていた。

憤ったままの尖《とが》った顔つきをしていたのか、透哉は顎《あご》を引き怪訝《けげん》そうに首を傾げる。

「……どうかした？」

「いや、別に。ちょっとふざけてただけや」

瑞希は摑んでいた良治のユニフォームを離した。良治が汚れてもいない胸の辺りをはたき、ため息を吐く。

「まったく、瑞希はキョーボーやなあ。そんな短気でようキャッチャーが務まること。透哉、こいつ、頭に血が上ったらリードなんか無茶苦茶になるかもよ。覚悟しとけ」

透哉はグラブを抱えたまま、ちらりと瑞希を見上げた。

「それは、無いと思うけど……」

良治が顔の前で手を振る。

「うん？　無いわけないやろ」

「無いよ。山城くんのリード……、いつも冷静だから……」

透哉の一言に身震いをしそうになった。

あっ、おれのこと信頼してくれてんだ。

身体だけでなく、心が震えた。

良治が舌を鳴らす。

「チッチッチッ。透哉、甘いで。おまえは、まだ瑞希との付き合いが浅いから暢気《のんき》でいられるんやで。こいつ、ほんま、気が短《みじけ》ぇんやから。藤崎《ふじさき》牧場のコータローよりまだ気短かもしれん」

「藤崎牧場のコータローって？」

「おれん家の近くにある牧場で飼ってる鶏の名前。雄鶏《おんどり》なんやけど、まぁ凶暴な上に気が短くて、短くて、おれが前の道を通るたびに、すげぇガン見してくるわけよ。こっちがやべぇと思って逃げようとしたとたん、忍者みてぇに走ってきて、こう跳び蹴《げ》りをかますわけ。おまえ、鶏の足ってまじまじ見たことあるか？」

「いや、ないけど……」

「一度も？」

「一度もないと思う」

「ひえっ、都会っ子だねぇ。じゃあ、やっぱ、ゴキブリと蟋蟀《こおろぎ》の見分けがつかないって口か。鳥はカラスと鳩しか知らなくて、苺《いちご》の生《な》ったのも、茄子《なす》の生ったのも見たことないって、か」

「ゴキブリと蟋蟀の違いは……わかると思う。鳥は……八頭森に来てからずい分、覚えた。このごろ、庭に不如帰《ほととぎす》が来るし……」

「あぁ、不如帰ね。テッペンカケタカって鳴くとかいうやつ。けど、あれ、幾ら聞いても、おれにはテッペンカケタカって鳴いてるようには思えんのやけどなあ」

「田上くん」

「うん？」

「あの……コータローの話は……」

「コータロー？　あぁコータローね。そうなんや、やたら凶暴で短気で、ほんま瑞希とええ勝負なんや」

「足の話……だったと思うけど……」

「そうそう、足、足。足の爪がすげえんだ。蹴爪《けづめ》ってやつ。むっちゃ尖ってんやけど、それでこう、おれを攻撃してくんだぞ。ただ単に道を歩いてるだけやのに」

「へえ……」

「マジ、腹が立つ鶏なんや。いつか、絶対、から揚げにして食ってやるんや。そのときは、一緒に食おうな。から揚げ、好きか？」

「好きだけど……、コータローは食べたくない。肉が、すごく硬い気がする」

瑞希は思わず、声をたてて笑ってしまった。

良治の持って回った物言いに、いらついていた心が静まっていく。

おかしい。

良治ではなく、透哉がおかしい。

本人はいたって真面目で、冗談を言うつもりも能力も持ち合わせてはいないのだろうが、おかしい。

小刻みな笑いが、身体を巡る。

「山城くん……あの……」

笑いの発作が何とか治まり、瑞希は目尻《めじり》の涙を拭《ぬぐ》った。それを待っていたのか、透哉が躊躇《ためら》いがちに声をかけてくる。

「あの、そろそろ……ピッチング練習をしないと……」

「あっ、そうやな。ブルペンに行こうか」

グラウンドの隅、バックネットの後ろ側を、瑞希たちは勝手にブルペンと呼んでいた。地区大会を勝ち抜き、地方大会への出場が決まった翌日、部員全員で作り上げた。日当たりも水はけも悪い、じめじめした一角に野球部全員で土を運び、均《なら》し、ちょっとしたマウンド（ただの土の盛り上がりに過ぎないけれど）まで作った。ぎりぎりだけれど、一八・四四メートルの距離もある。

りっぱなブルペンだ。

ここができてから、他のメンバーとは別メニューで、透哉と二人、ピッチング練習をする時間が増えた。鉦土監督も日に幾度となくやってきて、食い入るように透哉の球を見る。そして、たいがいは満足そうにうなずき、グラウンドへと帰っていく。

グラウンドの隅、急拵《きゅうごしら》えの粗末な投球練習場。その小さな土の盛り上がりにさえ、透哉は投球の前、愛《いと》しげに手のひらを載せる。そっと、撫《な》でる。

こいつ、本当にマウンドが好きなんやな。

透哉のそういう姿を見る度に、瑞希の内に不思議な感覚が生まれる。感動と一言で言い表せるほど単純な想いではない。感動でも興奮でもない。そういうものではなく……。

予感だろうか。

何かが始まる、という予感。

霧が晴れ、靄《もや》が晴れ、遠くどこかに続いている道が見えるという予感。明日《あした》を信じられる予感。そして、自分の中に、信じ切れる力があるという予感……だろうか。

こいつと一緒なら、何かすげえことができるんやないかな。

マウンドに立つ透哉を見据え、心の内で呟《つぶや》く。

すげえことができるんだ、きっと。

すげえことが何なのか、全国大会で勝ち抜くことなのか、優勝することなのか、まったく別の何かなのか、瑞希にはわからない。今のところは、僅《わず》かも見当がつかないのだ。

いつか、見つけたい。

この予感の先にあるものを自分の手で摑《つか》みたい。

いつか必ずとは思う。けれど、ともかく今は捕る。

瑞希は腰を落とし、ミットを構える。

今は、この球を捕る。

透哉が振りかぶり、足を踏み出した。腕がしなり、球が放たれる。そして、手応《てごた》えがあった。ミットを突きぬけて手のひらに、重く激しく球の力が伝わってくる。

これで、八分、いや七分ぐらいだよな。

全力投球ではない。それで、この威力だ。

ボールを投げ返し、つい、口元が綻《ほころ》んでしまう。良治に見られたら、すかさず「なんちゅう締まりのない顔や。パッキンの壊れた蛇口みてえな面になっとるぞ、瑞希。水がダダ漏れやないか」ぐらいのつっこみはしてくるだろう。

有頂天になっている中年男みたいやぞ。

ぴしりと言われた。むかっ腹も立ったが、確かにその通りだとも納得してしまう。

中年男はともかく、有頂天にはなっていたかもしれない。

瑞希はバックネット越しにグラウンドに目をやる。

打撃練習が始まっていた。

一年生の石垣《いしがき》がバッティングピッチャーを務めている。石垣は小学生の雰囲気が抜けないあどけない顔立ちをしているが、なかなかに威力のある球を低目に投げ込むことができた。ただ、持久力に欠けるというか体力に乏しいというか、二、三イニングしか持たない。それ以降はがくりと球威が落ちる。

鉦土監督は、地区大会も地方大会も透哉を先発に、石垣をリリーフとして使ってきた。その試合の中で石垣は、徐々に、でも、確実に自分の欠点を克服していった。安定度が増し、三イニングを無失点で切り抜けたこともある。まだ危うさは目につくが、ここ数ヵ月で、めきめきと力をつけてきた者の一人だ。

良治は自分のポジション、一塁ベース近くに立って、石垣の投球を注視していた。

なあ、良治。

胸の内で呟いてみる。

有頂天にもなるで、この球やからな。

良治がちらりと振り返ったようにも見えたけれど、気のせいだろう。瑞希はミットを軽く叩《たた》き、「もう一丁」と、透哉に声をかけた。

全国大会への出場が決まってから、透哉と瑞希は投げ込みに練習時間の多くを費やすようになった。バッテリーを組んでからまだ二ヵ月足らずだ。互いを理解し合っていると言い切るには、あまりに覚束《おぼつか》ない時間だった。ましてや、透哉はほとんどしゃべらない。

マウンドに立てば、まっすぐにこちらを見詰めてもくるのだが、そこから降りてしまうと、とたん寡黙になり、伏し目がちになり、たいていは瑞希と良治のやりとりを一歩、退《ひ》いて眺めていた。

ずい分と慣れはしたが、今でも戸惑うことがある。マウンドから放たれる一球の猛々《たけだけ》しさと、その一球を投げた者の穏やかさ、そのあまりの隔たり、落差に惑ってしまうのだ。

それでも少しずつ戸惑いは薄れていき、リアルな会話が増えている。さっきのように、良治と透哉のとんちんかんなやりとりに噴き出したり、透哉が良治と瑞希の会話に笑ったり、稀《まれ》にだけれど三人そろって笑い声をたてたりもするのだ。

相手を理解するのに、時間は必要だ。でも、絶対的じゃない。本気で向かい合わなければ何年、何十年、べったり一緒にいたとしても理解などできないはずだ。たった二カ月でも、真剣であれば繋《つな》がっていられる。

瑞希は信じていた。

おれは本気で、真剣に、こいつとバッテリーを組みたいのだ。それだけは確かなのだ。

透哉が次の一球を放ってくる。

「あっ」

小さく叫んでいた。ボールが頭上を遥《はる》かに越えて、後ろに生えている桜の大樹にぶつかったのだ。そのまま勢いよく跳ね返り、ちょうど瑞希と透哉の真ん中あたりに転がって止まった。

「すっぽぬけか」

わざと、陽気な声を出してみる。そうしないと、胸の底から不安がちろちろと鎌首をもたげてくるのだ。さっき、良治に指摘され自分でも納得していた有頂天気分があっけなく萎《しぼ》んでいく。

おまえは調子に乗り過ぎだと、良治から指摘された翌日から、透哉のコントロールはふいに狂い始めたのだ。

ハプニングってのは、こっちの予想もつかんことが起こるからハプニングなんやぞ。何が起こるかわからないからハプニングなんだ。

良治の一言を裏付けるような、突然の乱調だった。

「よし、もう一球」

返球する。

透哉はうなずき、振りかぶった。

打者の胸元を抉《えぐ》るように、球はストライクゾーンぎりぎりに入ってくる。幻の打者のバットが空を切った音を、瑞希は確かに聞いた。

この力、この迫力。やっぱり本物だ。

瑞希はため息を飲み込んだ。喉《のど》の奥が微《かす》かだが痛い。

混乱していた。

透哉の調子がいいのか、悪いのか見定められない。どう対処したらいいか、憂うべきなのか、喜ぶべきなのか、皆目、見当がつかないのだ。

「おまえ、調子、どんな具合だ」

透哉自身にあっさり尋ねてみればいい。悪いと言えばさらに投げ込みを重ね、良いと答えたなら調子の良さが妙な力みに変じてないかバッテリー二人で確認すればいいだけではないか。

戸惑うことでも、悩むことでもない。戸惑うより、悩むより現実的に一歩、前に進まなければならない。進もうと考えねばならない。それもキャッチャーである自分の仕事だ。

頭ではわかっている。ちゃんとわかっている。それなのに、心が怖《お》じるのだ。怯《ひる》んでしまう。

そんな簡単なことなのか。練習を重ねて、話し合って解決できるような簡単な問題なのか。

耳の傍で、いや、内側で瑞希自身がささやく。

好事魔多し。

おまえ、調子に乗り過ぎや。

これは良治の声だ。やはり、内側から響いてくる。

結局、瑞希は透哉に何も尋ねられないままだった。どういう尋ね方をしても、透哉を当惑させるような気がしてならなかったのだ。

そう、透哉も混乱している。

自分の球に透哉自らが混乱し、当惑している。おそらく、瑞希以上に。そんなふうに思えるのだ。だとしたら、どんな問いかけも無意味ではないか。余計に透哉を追い詰めるだけだ。

不安と高揚と、迷いと興奮と、戸惑いと喜びと、一球を受ける度に瑞希の内で目まぐるしく感情が変化していく。

自分の中にこんな様々な情動が息づいていたなんて、思いもしなかった。良治には、ほぼ毎日「おまえは、ほんま単純なやつや」とからかわれていたし、自分でも単純な人間だと納得していた。

喜びも怒りも哀しみも楽しさも、真っ直ぐに突き刺さってくる。心を震わせ、弾ませ、翳《かげ》らせ、熱くする。良治のように、人の言葉の裏を読んだり、表情の陰を窺《うかが》ったりするのは苦手だ。苦手というより、まず、できない。

他人を素直に信じたかったし、素直に信じてもらえるような者でありたかった。

「喜怒哀楽。おまえの感情線は四本しかないんやろな」

良治に言われ、そのからかい口調に腹を立てるより、不思議に思った覚えがある。それで、つい、嗤《わら》われるとわかっていながら問うてしまった。

「他に何があるんや？」

あんのじょう良治は薄笑いを浮かべ、瑞希の前に指を突き出した。

「たんと、あるやないか」

「そうかぁ……」

「嫉妬《しっと》、期待、不安、寂寥《せきりょう》、孤独感、疎外感、希望、失望、絶望」

呪文のように唱えながら、指を一本ずつ折っていく。

「喜怒哀楽の後ろには、ごちゃごちゃいろんなもんがくっついて、絡まり合うて、そりゃあもうややこしいことになっとるんや。普通のやつはな。けど、おまえの場合、きれいなもんやで。ややこしいもん、一切、ないでな」

「その方がええやないか。何でもごちゃごちゃしとるより、きれい、すっきりの方が上やろが」

「ほら、また、そんな単純発言を。人間ってのは感情が複雑やからこそ人間て呼ばれてるんやで。瑞希みたいに単純なんは、人より鶏に近いんとちがうか。あっ、もしかして、瑞希、おまえの本当の父親がコータローだったりして。ぷっ、それって最高やないか。サイコーサイコー、コケコッコーやなあ。うわっ、まずっ。おもしろ過ぎて、ツボにきた。うわっ、おかしい。父親がコータローって、マジ、おかしい、やば過ぎるほど、おかしい」

良治は自分の科白《せりふ》に噴き出し、いつまでも笑い続けた。

言われるまでもなく、自分が単純な人間だと自覚しているし、それを恥ずかしいと考えたこともない。

けれど、違った。

この胸の内で、心の中で、感情が想いが渦巻く。蠢《うごめ》く。舞い踊る。ぶつかり、くっつき合い、また、別の感情に変わる。

複雑だ、とても。

おれって、こんな人間だったんだな。

つくづく感じる。

この歳になるまで、自分がどんな人間か知らなかった。野球が、透哉が、透哉の球が教えてくれた。きっと、これから先も多くの何かを学ぶだろう。自分という人間を、山城瑞希という人間を知っていくのだ。一年後は、二年後は、十年後、二十年後は自分のことをどれほど知り得ているだろうか。どんな野球をしているだろうか。

怖くもあるが、楽しみでもある。

いや……。

瑞希は軽くかぶりを振った。遠い先のことより、間近な試合のことを考えなければならない。

大会が始まる前に、透哉のピッチングを安定させる。それが、差し迫った課題だ。

ミットを持ち上げ、窓から差し込む光にかざしてみる。丁寧に磨きあげた革は静かな光沢を持ち、小柄ながら堂々とした生き物のように見えた。

いいミットだ。

長兄が贈ってくれたミット。

早世した野球少年の形見だと聞いた。長兄の上司になる少年の父親が「野球が大好きな子に使って欲しいんだ。もし、山城くんの弟が嫌でなければ、貰《もら》ってもらえんかなあ」と手渡してくれたそうだ。

嫌であるわけがない。

嬉《うれ》しくて、たまらない。

兄に、兄の上司に、そして何よりミットの持ち主だった人に、心から礼を告げたかった。実際には、電話で長兄に想い（の半分くらい）をたどたどしく伝えただけだったけれど。

名前も顔も年齢も知らない少年が使っていたミットは宅配品として送られてきたと

きから、手入れの行き届いたりっぱなものだった。

毎晩、丁寧に布拭《ぬのぶ》きする。その度に、自分と同じように背を丸め一心にミットを磨いていた少年のことを思った。ほんの短い間、一秒か二秒、その程度のものだ。

でも思う。

その少年はこのミットでどんな球を捕ったのだろう。試合に何度も出たのだろうか。捕球し、ホームに滑り込んでくるランナーを果敢に止めただろうか。いつも瑞希がやるように、ピッチャーの球を受ける直前、こぶしで軽く叩《たた》いたりしただろうか。空に突き上げるように掲げただろうか。

思ってしまう。

一度、長兄にその話をした。全国大会への出場が決まった翌日、祝いの電話をくれた時だ。兄から上司に話が伝えられたらしく、十日ほど後に、きれいな女文字の手紙が届いた。上司の奥さん、少年の母親からのものだった。

あなたの言葉が身に染みて嬉しかった。毎日、泣き暮らしていたけれど、息子の想いをミットと共に受け取ってくれる人がいる、あのミットで野球を楽しんでいる少年がいる。そう知っただけで、心が少し軽くなった。悲しみも辛《つら》さも、まだ少しも癒えないけれど、あなたのおかげで、ユニフォーム姿の息子の遺影を見詰めることができるようになった。

そんな内容だった。

『ありがとう、山城瑞希くん。全国大会、がんばってくださいね。全国大会に出るのは、息子の夢でもありました。あの子の大切にしていたミットがそこで試合をするんですね。すごいことです。応援に駆け付けたいけれど、まだ、野球の試合を観戦する気持ちにはなれません。息子は空から一生懸命に声援を送るでしょうが。ほんとうに、ありがとう。これからどんどん暑くなります。体調を崩さないようにしてくださいね。かしこ』

そう締めくくられた手紙のインクの文字は、ところどころがぼやけていた。涙の跡かもしれない。

息子の名前も享年《きょうねん》も死因も、一切、触れられていなかった。

どう返信していいのか見当がつかず、結局、『ありがとうございます。がんばります』とありきたりの手紙に地区大会の決勝戦直後に写した写真を同封して送った。八頭森でただ一軒の写真館である『ふじのフォトスタジオ』の主人が撮ってくれた一枚だ。キャプテンの藤野《ふじの》鉄平《てっぺい》の父親でもある。さすがにプロで、八頭森東中学野球部メンバーの歓喜の表情が誰一人ぼやけることなく写っていた。

瑞希はミットを胸に抱えこぶしを高々と上げている。透哉は良治とサードの山口《やまぐち》に左右から肩を抱かれ、固まっていた。それでも口元に仄《ほの》かな笑みが浮かんでいるように見える。良治はVサインを突き出して、珍しく素直な笑顔だった。

写真の裏に、日付と『決勝戦の後に写しました。3対0で勝った試合です』の一文を記した。もう少し気の利いた文句を、ミットを手にしたときの確かに血が騒いだ感覚をきちんと伝えられる文章をつづりたかったけれど、瑞希の心にぴたりとはまる言葉がいくら考えても出てこなかった。

まだ野球の観戦に出かけられないという母親に書き送る、どんな言葉があるというのか。ミットを胸に抱いた自分を見てもらうことしか、思い浮かばなかった。

写真と手紙を投函《とうかん》したとき、胸の辺りがひんやりと冷たくなった。どうしてだかわからない。

野球の夢を中途で断ち切られた少年に心を馳《は》せたからだろうか、もし、おれが二度と野球をできなくなったらと考えてしまったからだろうか。

わからない。

母親からの手紙はそれで絶えた。瑞希は冷え冷えとした感触も手紙のことも直ぐに忘れてしまった。それでも、ミットの手入れをするたびに、自分と同じキャッチャーをやっていた少年のことを思う。

「瑞希、瑞希」

母の和江が呼んでいる。

いつもながらの大声だ。一時、カラオケに夢中になって、農協婦人部にカラオケグループまで作った和江の声は、大きいだけでなく、よく響く。一キロ先からでも聞こえるんじゃないかと心配になるほどだ。

瑞希は立ち上がり、部屋のドアを開けた。これだけ響く大声で、名前を連呼されてはたまらない。

「うるせえな。ったく。そんな大声ださんでも聞こえてるって」

無愛想な顔をして舌打ちしてみせたけれど、男三人を産んで育てた和江には、まるで動じる気配はなかった。

階段の下で、肉厚の手を上下に振る。おいでおいでのポーズだ。

何だよ、いったい。

「お客さまやで、お客さま」

「客？　おれに？　誰や？」

「作楽のぼん」

「は？」

「だから、透哉くんやないの」

和江が言い終わらないうちに階段を駆け下りていた。

「透哉！」

透哉が玄関に立っていた。瑞希の顔を見るとほっと息を吐く。安堵《あんど》のため息だ。

「透哉くん、そんなとこにぼけっと立っとらんと。上がりぃな。ほら、遠慮せんと上がって、上がって」

和江がまた、手を振る。

「あ……はい、でも……」

「お邪魔なんかやないで。息子の方がよっぽど邪魔やからな。遠慮せんと、上がりって。冷たいジュースでも」

「上がれ」

瑞希は透哉の腕を引っ張った。

「おれの部屋に行こう。ともかく、上がれ」

「うん。お邪魔します」

透哉が脱いだスニーカーをきちんと揃える。和江が「ううっ」と低く唸《うな》った。

「まぁ、何て躾《しつけ》のええ子ぉやろか。うちのアホ息子とは偉い違いやで。これが、作楽のお婆ちゃんが言うとった育ちの違いなんやろか。うーっ、悔しいけど認めるしかないわ」

「うるせえよ。勝手に悔しがってろ」

「ほら、親に向かってそういう口のきき方をする。やっぱ、あんた育ちが悪いわ」

「誰が育てたんや」

「ほんま、親の顔が見たいわな」

くすっ。

透哉が笑った。

「あらまっ」

和江が頓狂《とんきょう》な声をあげる。

「透哉くんの笑《わろ》うた顔、初めて見た気がするわ。いや、ええ顔やないの。イケメンやで。いっつも、そうやって笑っとき」

そう言いながら、和江の方が満面の笑みを浮かべていた。

「透哉、こっちだ」

腕を引っ張り、階段を上る。

「冷たいジュースでも、持って行こうかぁ。オレンジとマンゴーがあるけど、どっちにする？」

和江の声が背後から追いかけてくる。

「どっちも、いらん」

「あ、リンゴジュースもあったで。果汁百パーセントのやつ」

「ジュースはいらんって」

「じゃあ、麦茶にするか？　まさか、ビールってわけには、いかんやろ。バッテリーでビールなんか飲んでたら、監督さん、びっくり仰天してひっくり返ってしまうで」

「何にもいらんて。もう、うるさい。おれらに、いっさい構わんでええからな。つーか、構うなよ」


透哉の背中を押すようにして、部屋に入る。ドアを閉めたとたん、ため息をついていた。さっき、透哉がしたみたいに、全身を緩ませ、息を吐き出す。

「おもしろい、お母さんだね」

まだ笑いの残った顔で、透哉が振り向く。

「ほんま、困ってんや。声はむちゃくちゃでかいし、ようしゃべるし、ずけずけ物言うし、うんざりやで。ええかげんにしてくれって、いっつも言うてんのやけど。まるで、効果なしや」

「けど……楽しいよね。あんなお母さんだと」

「うーん、楽しいっちゃあ楽しいけど。もう少し、上品な母親がほしいって気持ちも、あるな。正直なとこ」

陽気で大らかで屈託のない和江だからこそ、憂いも悩みも何かと多い日々をものともせず生きている。生きていける。瑞希自身、母親の陽気さに大らかさに屈託のなさに、救われ、支えられてきたのだ。よく、わかっている。わかってはいるが、もう少し大人しくしていてもらいたい。大口を開けての馬鹿笑いを慎んでもらいたい。家の中ならまだしも町中《まちなか》で名前を呼んだりしないでもらいたい。近所のおばさんたちと大声で立ち話するのを止めてもらいたい。

要望書を和江宛てに提出したいぐらいだ。

「透哉のおふくろさんなんて、うちの母親とは全然キャラが違うんやろな。品が良くて、物静かで」

「うん……まぁ、静かは静かかも」

「ぎゃあぎゃあしゃべったり、喉《のど》の奥が見えるほど口を開けて笑うたり、せえへんやろ」

「そう……かな。そういうの、見たことないから……」

「羨《うら》ましい」

半ば本気で呟《つぶや》いていた。

上品で物静かな母親なんて憧《あこが》れでしかない。ハリウッドスター並みに遠い存在だ。

透哉が問うように首を傾げた。

「けど……寂しいかも」

「寂しい？」

「うん。山城くんのお母さんが、しゃべったり笑ったりしなくなったら、すごく寂しいんじゃないかな」

「あぁ……まぁ確かにそうかもな」

母の沈んだ姿を、暗い眼差《まなざ》しを、憂い顔を一度だけ見たことがある。父の職場だった製材所が倒産したときだ。

台所のイスに腰を掛け、テーブルに肘《ひじ》をついて項垂《うなだ》れていた。広い背中が萎《しぼ》んで見えた。

母のあんな姿を目にしたのは初めてだと思う。

父は再就職のために、走り回っている。友人、知人を訪ね、ハローワークに日参し、夜半に帰宅することもしばしばだ。

今、山城家はそんな状況だ。

そんな状況の中で、いつもは鬱陶《うっとう》しくてならなかった母の絶えまないおしゃべりや豪快な笑い声が頼もしかったし、普段となんら変わらない母の様子に心を落ち着かすことができた。

確かな事実だ。

垣間《かいま》見たあの後ろ姿のように、母が項垂れたままだったら、瑞希自身の心もずい分とざわめいたはずだ。母は大樹のように根を張り、枝を伸ばし、家族を守ってくれた。

少なくとも瑞希は守られ、今も守られ続けている。

わかっている。骨身に染みてわかっているのだ。

たいした人だな。

母のことが誇らしい。稀《まれ》にだが、優しくしてやらなくちゃなんて殊勝な気分にもなる。

わかっている。わかっている。誰に言われなくてもわかっている。母の強靭《きょうじん》さや大きさが見えないほど鈍感ではないつもりだ。

ただ、わかっていることと母の野放図さに辟易《へきえき》してしまうのは、また別の問題だ。

おかん、頼むからもう少し大人しくしとってくれや。

心密かに、祈ったりもする。あまり効き目はないが。

どんどんと階段を上ってくる足音がした。

「瑞希、開けるで」

返事もしない間にドアが開けられ、和江が入ってくる。

「昨日、農協の婦人部でこしらえた米粉パンがあったんや。胡麻《ごま》入りのとプレーンのと。それに、南瓜《かぼちゃ》パンも。どれも美味《おい》しいで。透哉くん、米粉パン食べたことあるん？」

琥珀《こはく》色の飲み物の入ったグラスと、丸いパンが山盛りになった皿が盆ごと差し出される。

「あ……いや、ないです」

「さよか。ほな、是非食べてみて。おばちゃんたちも、いろいろ考えてあれこれやってんの。八頭森の名物にならんかなって」

「はい……」

「こっちは、甘茶蔓《あまちゃづる》と蓬《よもぎ》のブレンド茶なんやけど。けっこうええ味なんよ。試してみてや。若い人の意見とか、是非聞きたいし」

「はい。いただきます」

透哉が胡麻の交ざったパンを摘《つま》み上げる。

「そうそう。それが胡麻パンなんや。胡麻の香りが香ばしいやろ。ほっほほほ」

「あ……ほんとに、美味《うま》い」

「そうやろ。美味しいやろ。なんてったって八頭森のお米を使《つこ》うとるんやからねえ。こう言っちゃあなんやけど、八頭森の米は日本一、美味しいんやで」

「あ……はい、祖母もそう言ってました」

和江が瞬《まばた》きする。透哉と作楽の婆さんとが、とっさに繋《つな》がらなかったらしい。

「ソボ？　ああ、作楽のお婆ちゃんやね。まぁ、あのお婆ちゃんがそんなこと言うてたの。ほっほほほ。昔は八頭森じゅうの一等米が全部作楽家の蔵に集まってたとか何とか言うたんやろ」

「あ、はい……その通りです」

「やっぱなあ。作楽のお婆ちゃんならそれぐらいのこと、言うわなあ。そう言えばこの前もスーパーで」

「おかん」

「何や？」

「おれらに構うなって言うたやろ」

「構わんって、うちは言わんかったで」

瑞希は母親の手から盆をもぎとると、机の上に置いた。グラスから黄褐色の雫《しずく》が散り、盆を汚す。

「もう、ええから。出て行け」

「けど、米粉パンとブレンド茶の感想を」

「わかった、わかった。後でレポート提出したる。四百字詰め原稿用紙にびっしり四枚。それでええやろ。はい、さよなら」

和江を押し出し振り返ると、透哉は床に座り、パンを口に運んでいた。目が合うと、軽くうなずく。

「普通のパンより、ずっともちもちしていて、美味い」

「そのもちもち感を原稿用紙四枚に、書いてくれ」

「それは……無理かも。田上くんなら、やれると思うけど」

「良治か。まぁ確かにな。あいつ、調子がええから、あることないことすらすら書けちまうよな。そういえば、小学生のとき、夏休みの作文コンクールであいつ、いつも金賞とかとるわけよ」

「うん」

「その作文がディズニーランドに二泊三日で遊びに行って、シンデレラに顔中キスされたとか、親戚《しんせき》の家に泊まって海で毎日、魚釣りをしたとか、その魚釣りの最中に高波が来て船が転覆しかけたとか、けっこうすげえ内容でな」

「うん」

「けど、全部、嘘なんや」

「嘘？」

「そう。良治に言わせると『虚構』ってやつなんやて。作文なんて、ほんまのこと書くより、虚構を入れて盛りあげたらええんやって言うんや。けど、ディズニーも海も、まったく行ってないのに虚構も実写もねえだろう」

「田上くんらしいね」

「だろ？　ほんま、ええかげんなやつなんや」

「……見えてるんだと思う」

「見えてる？」

「うん。田上くん、頭がいいから、知らない場所や経験してないことまで想像できるんじゃないかな」

「……そうかぁ？　そんなええもんか？」

苦笑して見せたけれど、本当はなるほどと感心していた。

そうかもしれない。

良治は、いいかげんで調子のいい性格ではあるが、先を見通す想像力を備えている。

それは確かだ。

こいつ、ちゃんとわかってるんだ。

出逢《であ》ってまだ数カ月。その短い月日の間に、しかも、それほど親密に過ごしたわけでもない時間の内で、透哉は田上良治という人間の一端をちゃんと摑《つか》まえている。

瑞希はパンを頰張る横顔をちらりと見やる。

見られた本人は視線に気づかないのか、気にしていないのか、床に腰を下ろし、眼差《まなざ》しを天井に向けていた。

「天井が気になるんか？」

「え？　あ……うん。あのシミが」

透哉が指差した場所には確かにシミが出来ていた。

「飛魚みたいだなって思って……」

「あぁ、そうなんや。そっくりやろ」

少し嬉《うれ》しくなる。

天井のシミは本当に飛魚だった。海面から飛び出した直後の胸びれを大きく張った魚の形をしている。

「芸術的なシミだね」

「あは、そうか」

以前、どこかの画家が描いたみたいなシミだろうとつい口にして、良治にせせら笑われたことがある。「どうみても、ただのシミやないか。おまえん家《ち》がどんだけボロいかって証明みたいなもんや」と。

「良治より、おまえの方が想像力、あるかもな」

「うん？　おれ？　いや、それはないな。作文とか、苦手だし」

「本当のことしか書けない？」

「うん、書けない。行ったこともない場所の話なんて……書くの、絶対無理だな」

瑞希はベッドに腰掛け、わざと大きく息を吐いた。

「よかったぁ。助かったで」

「あぁ、助かった。良治みたいなやつがもう一人いたら、えらいことになるもんな。ほんと、カンベンって状態になる」

「助かった？」

「あはっ」

手に米粉パンを持ったまま、透哉が笑う。屈託のない笑みだった。

「それで」

瑞希は僅《わず》かに前屈《かが》みになり、透哉の顔を直視した。

「おれに何か用があったんか」

ないわけがない。

透哉が意味もなく、理由もなく、ふらりと他人の許《もと》を訪れるはずがないのだ。むしろ、かなりの逡巡《しゅんじゅん》の末に山城家の玄関に立ったに違いないのだ。

訪れた理由にはまるで見当がつかないけれど、透哉の躊躇《ためら》いや葛藤《かっとう》には心が馳《は》せられる。

「どうした？　何かあるんやろ」

「……うん」

透哉は俯《うつむ》き、自分の手の甲に視線を落とす。

瑞希は待つ。

透哉が自分から自分の言葉で語りだすまで、いつまでも待つ。透哉とバッテリーを組むようになって、瑞希は待つことを覚えた。待つことが苦にならなくなった。むしろ、楽しい。ゆっくりと、時間をかけて紡《つむ》がれる言葉を待つことは苦痛ではなく愉楽だと気付いた。

透哉が何を言うのか、何を言おうとしているのか、何を感じ、何を伝えようとするのか、待つことは楽しい。

「おまえ、このごろ気ぃが長くなったよな」

そう良治に指摘されるまでもなく、自分でも感じていた。

以前より、少し気が長くなった。

「前はよ、すぐイラつくし、ばたばた焦るし。こいつ、マジでやりづれえやつやって、正直、おれ、陰でそっとため息ついてたんや」

「陰じゃねえだろ。おまえ、しょっちゅうわざとらしいため息をついてたやないか。それに、おれ、それほどイラチやなかったと思うけどな」

「へっ、知らぬは本人ばかりなりけりや。ま、けど、瑞希も透哉のおかげでちょっとだけ大人になったんは事実やな。うん、事実やぞ」

良治はいつものからかうような物言いではなく、妙に真面目な硬い口調で言い、一人うなずいていた。

そうだな、透哉のおかげやな。人はいつまでも待てるのだ。待つ価値のあるものなら、人はいつまでも待てるのだ。待てる力が自分の内にあるのだ。

それに気が付かせてくれた。

「あの……上手《うま》く言えないんだけど」

透哉が短く息を吐いた。

「うん」

瑞希はさらに身を屈め、一度だけ相槌《あいづち》を打つ。

「山城くん……もしかしたら、おれのことで悩んでるんじゃないかって思って……」

「え？　あ、いや」

身体を起こす。目が泳いだのが、自分でも感じ取れた。

悩んでいる。ずっと、悩んでいる。

受けた瞬間、手のひらに食い込むような一球の威力とストライクゾーンを大きく外れて転がる球の心許なさ。その間でキャッチャーとして、悩み続けている。

この一球があれば恐れるものはない。そんな高揚感の直後、こんなに乱れたらどうしようもないと焦燥が突きあげる。このところ、そんな思いの狭間《はざま》を行きつ戻りつしていた。

「そうやな。確かに」

瑞希は透哉に向けた視線に力を込めた。

こいつにだけは嘘をつくまい。

こいつだけはごまかすまい。

そう思った。

小さな嘘は何度もついた。ごまかしもした。自分では気が付かないまま、誰かを裏切ったことも、傷付けたこともあったかもしれない。けれど、今、目の前にいる少年にだけは自分の真実を伝えようと思う。そうしなければ、前に進めない。

瑞希には、野球の理論も知識も、そう多くあるわけではなかった。

「野球とはなんだね」と尋ねられても、「理想的なバッテリーとはどんなものなんだ」と問われても答えられない。

だけど、わかるのだ。

相手に対して自分を偽っていてはだめだ。さらけ出す覚悟がないままでは、本物のバッテリーにはなれないのだ。

「正直、言うて、おまえのこと気になってた。気になってしかたなくて、どうしたらいいか、ずっと考えてた」

「うん」

「すげえ球が飛び込んでくると思えば、全然ストライクが入らんようになる。どういうことなんだって、考えてもおれには、ようわからんのや」

「うん」

透哉に向かって、身を乗り出す。

「どういうことなんだ。透哉」

「わからない」

あっさり答えが返ってきた。思わず顎《あご》を引いていた。

「わからない？」

「うん。自分でもどういうことか、よく、わからなくて……」

瑞希は身を起こし、まじまじと透哉を見詰めた。透哉も顔をあげ、視線を向けてくる。以前のようにうつむいたり、目を背けたりはしなかった。

「……けど、怖くはないんだ」

透哉が手を広げ、自分の前にかざす。

「どう言えばいいのか、上手くしゃべれないけど……、このまま、自分が投げられなくなったり、コントロールが全然だめになっちゃうみたいなこと……感じないんだ。むしろ」

「むしろ？」

透哉の頬が僅かに紅潮した。ほんの一瞬、迷うように口が閉じられる。しかし、一瞬だった。瞬《まばた》き一つ分の沈黙の後、透哉ははっきりとした口調でしゃべり始めた。

「今まで、ボールを投げるときって、自分の力をボールに乗せるというか……託すみたいなこと考えて、投げてた」

「ああ、当然だよな」

「うん、けど、今は違うんだ」

「違う？」

「違うんだ。自分の力を上手くコントロールしてボールに乗せる……そういうのと違って……違って……コントロールできないぐらいの力を感じていて……それが、まだ、上手く……」

透哉が唇を嚙《か》む。適切な言葉を見つけられない自分に苛立《いらだ》っているのだろうか。眼の中に影が走る。透哉の言い表せない感情がゆらゆらと揺らめいている。

ぞくり。

瑞希の背中に悪寒が走った。唾《つば》をのみこむ。十分に潤っていたはずの喉《のど》の奥がいつの間にか、からからに乾いていた。唇も口の中も乾き切っている。

予感がした。胸の鼓動が速く、強くなる。

こいつ、大変なことを言おうとしてるんじゃないか。

「透哉」

乾いた唇を舐《な》め、再び身を乗り出す。

透哉と呼び掛けた後、言葉が出てこなかった。

今は、おれがしゃべるんじゃなく、こいつの言葉に耳を傾けるときなんだ。聞くんだ。ちゃんと聞くんだ。

全身を耳にして言葉を捉《とら》える。

透哉はコップに手を伸ばし、甘茶蔓《あまちゃづる》と蓬《よもぎ》のブレンド茶のコップを持ちあげる。一息に中身を飲み干す。

「おもしろい味だ」

手の甲で唇をぬぐい一息、吐き出した。

透哉なりに緊張しているのだろう。真剣に相手に何かを伝えようとすることは、疲れる。緊張もするし、ときに痛みを伴いもする。

透哉は今、瑞希に何かを真剣に伝えようとしていた。

「信じられるんだ」

しばらくの沈黙の後、透哉が言った。さほど大きくはないが、小さくもない。くっきりとはっきりと、耳に届いてくる声だった。

「おれ、今まで自分のこと……ちゃんと信じたことなかった。信じようとしなかった。

野球……大好きだけど、でも……自分がピッチャーに向いてないの、よくわかってたし」

「そんなことねえよ」

思わず口を挟んでいた。

「そんなこと、絶対にないって。おまえ、ピッチャーだよ。他のポジション考えられんぐらい、ピッチャーやないか」

「うん……だね」

透哉は真顔でうなずき、空になったコップを手の中で回した。

「もう一杯、いるか？」

尋ねてから、頬が火照るぐらい恥ずかしくなる。

良治に後ろ頭をはたかれたような気がした。

おまえは、アホか。

なんちゅう、おマヌケなこと尋ねてんや。透哉が一生懸命にしゃべろうとしているときに、よ。

透哉はかぶりを振り、コップを置いた。水滴が一筋、コップの表面を滑り、盆の上に流れていく。

「ここに来て、そう思えるようになった」

透哉が顔を上げる。視線を瑞希に向ける。

「おれ、ピッチャーなんだなって思えるようになったんだ」

「うん」

そうだ、おまえはピッチャーだ。絶対、誰が何と言おうと、何が起ころうと、作楽透哉がピッチャーだという事実は揺るがない。

「山城くんのおかげ……だと思う。いや、あの……思うじゃなくて、ほんとにそうだ。山城くんに逢《あ》わなかったら、おれ、きっと、自分がどのくらい野球が好きか……ってことも、ピッチャーなんだってことも、全然気が付かないままで……きっと、何も気が付かないまま、野球を止めてた」

野球を止めてた？　おまえが、ボールを手放していた？

背筋が寒くなる。

もし、透哉が野球を捨てて、グラウンドにもマウンドにも背を向けていたら、あの球をこのミットで受け止めることはできなかった。考えただけで、寒い。背中だけでなく、身体の芯《しん》から冷えてくる。

出逢えて、よかった。

それは瑞希の科白《せりふ》でもあったのだ。

「ずっと考えてたんだ。山城くんに逢わなかったら……どうだったろうって。いつもじゃないけど……よく、考えてた」

「うん」

「八頭森に来て、山城くんたちに逢って……マウンドにあがって、山城くんに……ボールを受けてもらえて……それで、おれ、すごい衝撃っていうのか……何ていうんだろう、自分の中で……自分の中で、こう何かが弾《はじ》けたみたいな気持ちになった」

「うん」

透哉の物言いはもたもたとして纏《まと》まりなく、たどたどしくさえあった。でも、聞くに値する言葉だ。瑞希の未来に繋《つな》がる言葉だ。

透哉、しゃべれ。もっと、しゃべれ。

おれは本気で聞いているから。

いや、聞きたいのだ。透哉が何を言うか、聞きたい。

「投げたいと思った」

透哉がコップを摑《つか》む。胸の内の感情を指先に託すように、強く握りしめる。細いけれど力に溢《あふ》れた指だ。

瑞希は一瞬、幻を見た。

粉々に砕けたコップの破片が、煌《きら》めきながら四方に散る。そんな幻が脳裏を横切り、消えていく。

「投げたい、投げたいって獣が吼《ほ》えるみたいに、誰かが叫ぶんだ。投げたい、投げたい……野球のボールを握りたいって」

そうか、おまえの身の内には獣が潜んでいたのか。

透哉が唇を結んだ。

顔つきが引き締まる。そうすると、険しく鋭く猛々《たけだけ》しい何かが黒眸《こくぼう》の中に立ち現れる。そのことに気がついたのは、最近だ。

険しさとも、鋭さとも、ましてや猛々しさとも無縁の透哉の内側から、立ち現れてくるのだ。おそらく瑞希の他に誰も、本人さえも知らないはずだ。

ピッチャーの眼だと、瑞希は直感した。

こいつ、ちゃんとピッチャーの眼をしてやがる。

透哉の中に潜む獣と最初に遭遇したのは、おれかもしれない。きっと、おれだ。

瑞希は、ミットを摑み、膝《ひざ》の上におく。革の匂いをそっと吸い込んでみる。

「驚いた。ほんとうにびっくりした。これは……何だって、驚いて、でも……やっぱり、投げたいんだ。投げたい、投げたい、どうしても投げたいって……思った。おれ、こんなに、野球が好きなんだ。投げたいんだって、思った。おれ、山城くんみたいに本気でボールを受けてくれる人がいるなんて信じられなくて……でも、夢じゃなくて、本当にボールを受けてもらえて……そしたら、無性にマウンドから離れたくなくなった」

そこで、一息吐いて、透哉はベッドに座る瑞希を見上げた。眸《ひとみ》の中にはもう、険しさも、猛々しさも微塵《みじん》も浮かんでいない。

「おれ、わけのわかんないこと、言ってるよな」

「いや」

かぶりを振る。

「続けろ」

聞きたい。最後まで聞かせてくれ。ここで止めないでくれ。

頼む、透哉。

「信じられるんだ」

瑞希を見上げたまま、透哉が呟《つぶや》いた。

「おれ、自分を信じられる。今は……信じられるんだ。野球をもう一度始めたおれを……また、マウンドに立とうと思った自分を信じられる。きっともう……二度と、野球から逃げたりしないって、信じられるんだ。おまえは大丈夫だって、自分で自分に言えるんだ。そういうの……すごいことで、おれにとっては、すごいことで……だから、山城くんにも……」

透哉が瞬《まばた》きをする。一度だけゆっくりと。

「おれを信じてほしい」

瑞希は顎《あご》を引き、背筋を伸ばした。

「おれ、絶対に逃げないから……マウンドにずっと、立っていたいから……、だから、信じてほしい」

「うん」

そうだ、信じればよかったんだ。こいつはピッチャーなんだって、信じてさえいればよかったんだ。

コントロールが乱れただけで、おたおた悩むなんて、

「まだまだ、キャッチャーになれてないんやな」

ミットをこぶしで軽く叩《たた》いてみる。

こいつにも透哉にも、応《こた》えきれていない。

自分でも制御できないほど乱れ、乱したその先に、どれほどのピッチングが、どれほどの球が待っているのか。

武者震いするほど楽しみではないか。

「グラブ、持って来てるか？」

瑞希の問いに、透哉は、はっきりと首肯した。

「持って来てる」

「キャッチボール、しよか」

「うん」

透哉と瑞希は同時に立ちあがった。


この時刻、裏庭はすでに日が陰ってしまう。冬場は一日中凍《い》て付いて、イチジクの木の下の霜柱がいつまで経っても融《と》けないなんてことも、珍しくない。

そのかわり、夏は涼しい。

真夏でも、夕暮れ時に風が吹き通ったりすると肌寒いほどだ。

作楽の屋敷とは比べ物にならないが、キャッチボールが出来るほどの広さは十分にある。日当たりが悪いから、裏庭の植物はみなひょろひょろと勢いがなく丈だけが伸びていた。

瑞希の小学校の入学祝いに植えたというイチジクだけが、どういうわけか旺盛《おうせい》に枝を伸ばし、葉を茂らせ、毎年多くの実をつけた。

「小学校の入学祝いに何でイチジク、植えるんやろって、おれ、ずっと不思議でな。これが桜とかなら、何となく理解できるんだけど。イチジクって、そんなめでたいってイメージないやろ」

青く硬く小さな実をつけているイチジクを顎でしゃくる。

「うん、まあ……」

透哉は曖昧《あいまい》に答え、指先で実をつついた。

「この実が食えるのか」

「まだまだ先だ。これからでかくなって、熟して……透哉、おまえ、イチジクの実を見たことないんか」

「いや……スーパーでパックに入ってるのは見たことあるけど」

「食ったことは」

「ない」

「そうか。じゃあ、今年は食いに来いや。おれん家《ち》のイチジク、すげえ甘くて、けっこう美味《うま》い」

「へぇ《ぇ》、甘いんだ」

透哉は珍奇な植物でも眺めるように、イチジクに見入っている。

瑞希にとって生活の中に、ごく普通に存在する物が、透哉には物珍しく見覚えのない物となる。その逆だって、たくさんあるだろう。

例えば……。

「なっ、透哉。おまえ、海ってよく知ってんのか」

「海？　あ、うん。前に葉山《はやま》に住んでたこと、あるから」

「三浦《みうら》半島にある町なんだけど。海水浴場とか、ある。だから、夏は賑《にぎ》やかだったけど……」

「葉山って？」

「へぇ。じゃあ、すぐ側に海があったんだ」

「自転車で十分ぐらいかな」

「十分って、えらく近いんやな」

「近いよ。風向きで、潮の匂いが強くなったり、薄くなったりするし、海が荒れるとやっぱ風に乗って、音が聞こえたりもするし」

「へぇ、風でなぁ」

風と海ってそんなに睦《むつ》まじいのか。

瑞希は海を知らない。

海水浴には何度も行ったし、臨海学校にも参加した。海が果てなく広いのも、海鳴りが突き上げるように響いてくるのも、潮風が日に焼けた肌に痛いほど染みてくるのも、知っている。

けれど、やはり海は遥《はる》か遠くにあるものだった。車で何時間もかけて行き着く場所だった。日々の暮らしの中に海の匂いや音は、微《かす》かも忍びこんでこない。

透哉の知っているものと瑞希の身体に沁《し》み込んだものは、まるで異質だった。今まで生きてきた場所が、環境が、経験が違うのだから当然なのだけれど、瑞希は時々、透哉との間にある隔たりに驚く。

呆然《ぼうぜん》とするわけでも、竦《すく》むわけでもない。ただ、驚くのだ。

ずい分と、違うんだな。

日本なんて小さな島国なのに、同じ国で同じ時代を生きてきたのに、こんなにも隔たりがある。

透哉がグラブを腋《わき》に挟んで、歩き出す。

裏庭は丈の低い垣根に囲まれ、父親の辰彦《たつひこ》が作った木戸から出入りできるようになっていた。もっとも、その木戸の向こうには細い岨道《そばみち》が山まで続いているだけだから、山城の家の者以外、出入りする用はないのだが。

道の途切れた所、土地の人々がクマセと呼んでいる山の裾《すそ》には桃畑が、中腹には葡《ぶ》萄《どう》畑が広がっている。どちらも辰彦と和江が二人だけで栽培していた。

その木戸の前に立ち、透哉が「いいか？」と尋ねるように、瑞希を見た。「いいぞ」という風に瑞希はうなずく。ミットを軽く一つ叩く。最初から座り、構える。

緩やかな、けれど十分な手応えのある球がミットに飛び込んできた。瑞希が捕ったというより、本当に飛び込んできたという感覚だ。自分の意志でボールが駆けたのだ。

座ったまま、返球する。

もう一球、もう一球、もう一球。

透哉の球は速く、重く、さらに手応えを増してくる。

ええな。やっぱり、最高や。

瑞希は胸の内で、一球を受ける度に呟《つぶや》く。

ええぞ、透哉。

この球があれば、この球を信じさえすれば、恐れるものなど何一つない。信じさえすればいいんだ。

身体が温まる。血が巡り、汗が噴き出る。

日はとっくに傾き、剛力な夏の日がようやく暮れようとしている。裏庭には薄い闇が溜《た》まり始めた。

そろそろ、限界かもしれない。

「透哉、ラスト一球」

指を一本、空に向ける。透哉が首肯し、白球を手の中で一回転させた。光にかざすように軽く持ち上げる。

そして、一球が瑞希のミットを目がけてくる。

手のひらに、心地よい感触が伝わってくる。ちっとも優しくない。静かでもない。猛々《たけだけ》しく荒々しい感触だ。でも、心地よい。

「透哉、もう一球。これが、ほんまのラストや」

ねだり事をする子どものように、瑞希はもう一球を要求していた。

もう一球だけ、な。

わかった。

一八・四四メートルより少し短い距離を、言葉にしない言葉が行き交う。

「あっ」

瑞希の返球を透哉のグラブが弾《はじ》いた。木戸の下まで転がったボールを拾い上げ、透哉が瞬《まばた》きする。戸惑いが浮かんでいた。

「うん？　どうした？」

透哉の視線は瑞希を越えて、後方に向けられていた。視線を辿《たど》り、瑞希も振り向く。

「うわっ」

叫び、二歩ほど後退《あとずさ》りしてしまった。

「なんやの、その悲鳴は」

「おかん、どこから現れたんや」

「だから、なんで母親のことを迷い猿みたいに言うの」

和江が鼻の頭に皺《しわ》を寄せる。和江の後ろには割烹着《かっぽうぎ》を身に着け、白い三角巾《さんかくきん》で頭を覆った女性が立っていた。

「山口のおばちゃんまで……」

山口利洋《としひろ》の母、舞子《まいこ》だった。割烹着に三角巾の出で立《い》ちは、軽トラで豆腐を販売していたからだろう。朝と夕の二度、八頭森の町から隣の市まで、舞子は豆腐の販売に軽トラを走らせる。

「いやあ、台所の窓からずっと見てたんやけど、瑞希ちゃんも作楽のぼんも、えらくかっこよく見えて、どうせなら間近で見せてもらおうかて思うて、ね、和江さん」

「ほんまほんま、部屋でだらーっとしとるときとは、えらい違いやわ。あんた、作楽のぼんとおるときが一番、光っとるよねえ。ええよ、ええよ。うちら、ほんま、ただの見物人やから。気にせんと、続けて。舞子さん、この石のところに座ろうか」

「そうやね。瑞希ちゃん、続けてや。いやあ、うちのバカ息子も野球しとるときだけは、何やかっこよう見えるからね」

「あら、利洋ちゃんは可愛いやないの。目がくりくりして、ジャニーズ系やない。うらやましいわ」

「まあ、何を言うてんの。和江さん、目が悪過ぎ。老眼やない？」

二人の母親は声を合わせ、けたけたと笑った。

瑞希はため息を吐く。

「透哉、今日はこれで仕舞いやな」

「うん……」

透哉はグラブを外し、和江に向かい頭を下げた。

「今日は、ごちそうになりました。ありがとうございました」

きゃっと和江が声をあげる。みょうに柔らかな可愛らしい声だった。目尻《めじり》がますます下がる。

「いや、もう帰るの。惜しいなあ」

「おかん、何が惜しいんや、まったく」

瑞希はまた、ため息を吐いてしまった。


夕食後、部屋で一人、寝転ぶ。

電灯をつけても天井は薄暗く、飛魚のシミははっきり見てとれない。飛魚の他にも、さまざまなシミが広がる天井なのだ。

古い家。

四方を山々に囲まれた狭く、閉塞《へいそく》的な土地。

豊かとは縁遠い日々の暮らし。

憂いは、決して少なくない。

昨日も一人、同級生の一家が八頭森から出て行った。離農を選び、都会の親戚《しんせき》を頼って引っ越して行ったのだ。

長兄誠一《せいいち》の働く製造会社も厳しい経営状態が続いているらしく、夏のボーナスの八割カットを言い渡されたと聞いた。それでも、ボーナスがあるだけマシなのだとか。

「景気のいいときって、ほとんどこっちには関係ないのになあ。不況になると、途端に影響が出てくるのって、おかしゅうない？　あんた、どう思うてるの。え？　もう少し、しっかりしてくれんと、うちら飢え死にしてしまうで。まぁこの身体やから何も食べんでも、うちは一週間や十日は保《も》つけどな、亭主の方はそうはいかんのよ。鶴みたいに痩《や》せてんやから。もうええかげん、しゃんとして欲しいわ」

母がニュース番組を見ながら、ぶつぶつ文句を言っていた。誰としゃべっているのだと覗《のぞ》きこんだ画面には、内閣総理大臣に任命されたばかりの男の笑顔が大写しになっていた。フラッシュを浴びながら、何度も首肯している。それが、母の文句に一々、相槌《あいづち》を打っているようでおかしかった。

笑っている場合ではないのだけれど。

憂いは、決して少なくない。

時代や社会の困難は、子どもにも老人にも赤ん坊にも、容赦なく襲いかかる。

佐伯彩美《さえきあやみ》。

引っ越して行った同級生の名前だ。目元の涼やかな小柄な少女だった。下に双子の弟がいるせいか、幼い外見とは裏腹に、しっかりした気性の持ち主でもあった。

「瑞希くん、全国大会、うち、絶対に応援に行くな」

そう言ってくれた。つい、十日ほど前のことだ。あのとき、彩美は引っ越しなんて思ってもいなかったのではないか。

「麻美《まみ》とも有希《ゆき》とも話をしとんの。大きなポンポン作ってチアガールしようかって」

「うえっ。おまえらのチアガールとか勘弁やし」

「あーっ、よく言うこと。失礼やな」

「普通でええよ。普通に、応援、よろしく」

「もちろん。全国大会やもの。うちらの学校が全国やで。すごいわ。絶対、絶対、応援するから。ガンバ」

小さな白い顔いっぱいの笑みを浮かべ、彩美がこぶしを握る。

彩美と特別に仲が良かったわけでも、気が合ったわけでもない。異性として意識していたわけでもなかった。

でも寂しい。

彩美はもっと寂しかったろうと思う。

彩美のことだ。寂しさも辛《つら》さも全部、自分の胸内に押し込めて、二人の弟の世話をやいているのだろうとも思う。

全国大会の試合会場に、大きなポンポンを携えて現れたりするかもしれない。彩美だけじゃなくて、豊志《とよし》だって……。

去年の十二月、八頭森を去って行ったチームメイトの名を呟《つぶや》く。

豊志だって、応援に駆けつけてくれるんじゃないか。

「八頭森東、がんばれーっ。全国制覇だ」

なんて、スタンドから声を張り上げてくれるんじゃないか。

全国だ。

瑞希はゆっくりと起き上がり、ミットに挟んだボールを取り出す。握る。ゴムの感触を確かめる。

全国だ。

おれたちが全国大会に挑む。

八頭森東中学校野球部が全国を相手に戦うのだ。

彩美も豊志も見ていてくれる。どこかで、きっと見ていてくれる。

憂いは、決して少なくない。

だけど、希望もまた、手の中にあるじゃないか。

おれを信じて欲しい。

透哉の言葉を嚙《か》み締める。仄《ほの》かな苦味を伴った甘さが口の中に広がる。瑞希はボールを強く握り込み、うなずく。

信じる。もう、揺れはしない。疑いはしない。信じる者たちといっしょに、試合に臨む。臨むことができる。

確かな希望だ。

瑞希は窓を開け、大きく息を吸い込んだ。夏のとば口とはいえ、八頭森の夜気は涼しい。ひやりと胸を湿らせる。

アオバズクの鳴き声が遠くから伝わってくる。虫の音もささやかながら、草むらから聞こえ始めた。それはまだか細く、ともすれば蛙の合唱に掻《か》き消されてしまう。

風が楓《かえで》の枝をさわさわと揺すった。

夜が流れていく。

明日《あした》もまた、野球ができる。

「瑞希ーっ。さっさと風呂《ふろ》に入ってや。お湯が冷めんうちに入るんやで。瑞希ーっ、聞こえてるんか」

和江の大声が虫の音も蛙の声も風音も圧して、響き渡る。

想いに浸るより、現実的に動け。

そう言われた気がした。

苦笑するしかなかった。

母親はいつだって、強靭《きょうじん》なリアリストだ。

「おいーっす。今から、入るって」

返事をし、窓を閉める。閉める直前、空を仰ぐ。

夜空に煌《きら》めく星々が美しかった。

二章　今日と明日と。

翌日、鉦土監督は部員たちに、グラウンドでなく視聴覚教室に集まるように指示を出した。

「藤野さん、何事ですか」

キャプテンの藤野に尋ねてみる。藤野は俊足の外野手で、目も口も鼻も大きな強面《こわもて》だけれど、本来は世話好きの陽気な性質だった。キャプテンに選ばれたのもそんな人柄の故だ。

「ＤＶＤ、見るらしいで」

「ＤＶＤ、何のですか？」

視聴覚教室は校舎の三階にある。階段を上りながら、藤野は首を横に振った。

「よう、わからんけど……何やろな」

「ふーん、何のＤＶＤだと思う？」

瑞希は横にいる良治に話しかけた。

「カネちゃんが見せようっていうんや、エロDVDに決まっとるやろ」そんな冗談が即座に返ってくると思っていた。しかし、良治はちらりと黒目を動かしただけで、一言も答えなかった。唇を結び、前を向いている。頑《かたく》なな眼差《まなざ》しであり態度だった。

「おい良治、おまえな」

瑞希が言い終わらないうちに、足を速め、一人、先に階段を上って行く。

「田上くん……どうしたのかな」

瑞希の後ろで、透哉がぽつりと呟《つぶや》いた。

「どうしたもこうしたも、なんちゅう態度の悪いやつなんや。マジでむかつく」

「けど……今日はずっと、あんな調子で……誰ともしゃべってないみたいだけど。なんか、田上くんらしくない気がする」

「良治が？　そうだっけ？」

「うん。いつもの田上くんと違うよね……」

気が付かなかった。

良治は、物心ついたときから瑞希の傍らにいた。〝友だち〟とか〝親友〟とか、そんな言葉がちぐはぐに感じられるほど、ずっと一緒に生きてきた。腹が立つことも、苛立《いらだ》つこともしょっちゅうだし、ときに殴り合ったり、激しく言い争ったりもした。本気で「死んじまえ」と口走ったことさえ、ある。

だけど、何をしても、何があっても良治との関係は変わらない。疎遠になるわけでも、さらに親しくなるわけでもない。

家族みたいなものだ。

住んでいる家が違うだけで、血が繋《つな》がっていないだけで、家族と同じなのだ。瑞希はこのごろ、悟った。

家族なら、一々気を遣ったりしない。

良治が何を思っているか、何を心に秘めているか、深く考えたことはない。それでなくても、素直に心の内をさらけだすタイプではないし、瑞希自身、人の心の内を探るのも窺《うかが》うのも感じ取るのも不得手だった。

だから、気が付かなかった。

良治がいつもと違う？　そうだろうか……。

「なんだか、ぼんやりしてた」

透哉が踊り場で足を止め、ちらりと瑞希を見る。

「ため息も吐いてた。おれと目が合ったら、横を向いてしまったけど……。ああいうの……田上くんらしくない」

「まあな。けど、良治かて悩みぐらいあるやろ。どうせ、たいしたことやないだろうけど。だいたい、あいつ、すげえ気分屋なんや。マジで気にすることない。明日になったら、けろっとして笑《わろ》うてるはずや。今まで、ずっとそうやったから」

「……だといいけど」

透哉が目を伏せる。そうすると、表情に影がさして、気弱というより儚《はかな》げな雰囲気さえ漂う。この少年がマウンドに立って、一試合を投げ抜くなど、とうてい不可能だと思える。

ところがそうじゃないんだ。

瑞希は胸の内で呟き、胸の内でほくそえむ。

見た目と球威の差がここまであるやつも、珍しいだろうな。

今まで対戦したチームの打者たちの顔が、ぽつり、ぽつりと浮かんできた。

透哉を見て、たいていの者が見下したような顔つきになる。薄く笑う者も、呆《あき》れたように目を見張り、肩を竦《すく》める者も、「おい、あれがピッチャーやて」と露骨に口にする者もいた。

ところが、いざバッターボックスに入ると、その顔が強張《こわば》る。

瑞希が一球目、打者の胸元に食い込んでくる内角のボールを要求するからだ。打者はのけぞり、よろめく。みな一様に、唾《つば》を飲み込む。そのときにはもう、表情からは侮りも見縊《みくび》りもきれいに消え失《う》せて、微《かす》かな怯《おび》えが滲《にじ》んでいたりする。

与《くみ》し易いと舐《な》めてかかった相手の一球、その威力に気圧《けお》されて怯《ひる》んでしまうのだ。もし、透哉が屈強な身体と、いかにもピッチャーらしい迫力を備えていたら、打者たちはこんなにも、怖《お》じけ付かなかったかもしれない。構えて受ける打撃と、無防備なまま殴られる衝撃とでは、同じパンチでも威力は雲泥の差だろう。

瑞希は二球目も内角へのサインを出す。一球目より低く、ストライクゾーンぎりぎり、打者の膝《ひざ》をえぐるように飛び込んでくるコースだ。たいていの打者は手も足も出せない。ただ木偶《でく》のように立ち竦んだまま、バットを振ることさえできなかった。透哉はカーブも、ややシュート回転する球も投げられるけれど、打者が一巡するまで、瑞希はストレートのサインしか出さなかった。それが一番、力があるからだ。ストレートとは、一八・四四メートルを真っ直ぐに貫く球だ。他のどの球種よりも、美しい弾道を描く。

投げ込んでこい。

ミットを構えながら、瑞希は幾度も呟《つぶや》く。

真っ直ぐに貫く球をここに、投げ込んでこい。

透哉はマウンドでうなずき、振りかぶる。

ストレート。

マスクの下で、瑞希は会心の笑みを浮かべる。

「やっぱり、ちがうような気がする」

目を伏せたまま、透哉が言った。

「え？　何がちがうって？」

「田上くん……。何かあったんじゃないかな」

「おまえ、気にし過ぎ。ええって、ほっとけ。万が一、何かあったとしても、良治ほど打たれ強いやつはいないんやで。たいていのことは平気なんや。心配なんてせんてええ」

「うん……」

「おーい、そこのバッテリー。何してる。早《はよ》う来いや、もう、みんな集合してるで」

三階から藤野が手招きする。

「あっ、すいません。透哉、急ごう」

透哉を促し、階段を駆け上がる。

大きく窓が開け放たれた視聴覚教室には、涼やかな風が吹きこんでいた。山間《やまあい》の町である八頭森には、蒸し暑い夏というものはほとんど存在しない。夕立の前の一時《ひととき》ぐらいだろうか。冬の厳しい寒さを償うかのように、夏はからりと涼しく過ごし易い。

射るような日差しが肌を焼く時季は短く、瞬く間に過ぎていく。

ふっと気がつくと空が高くなり、木々の葉の先が色を変え、風がさらに涼やかになっている。夏という季節は、いつの間にか過ぎていくものだった。

でも、今年は違う。

濃密で長い夏になるはずだ。

風が前髪をなぶる。

瑞希はその風を胸に吸い込んで、室内に一歩、踏み込んだ。すでに机とイスは教室の後ろ側に寄せられて、白いリノリウムの床が剝《む》き出しになっていた。そこに、野球部員たちが思い思いに座っている。神妙な面持ちも、何事かと好奇心を浮かべている顔も、妙に楽しげな顔つきもさまざまに、ある。

瑞希は良治をちらりと見やった。

教室の隅に一人、座り込んでいる。

どこか、ぼんやりとした力の無い眼をしていた。視線は前に向けられているけれど、焦点は合っていない。ふわふわと漂っている。窓からの微風《そよかぜ》に、あっけなくさらわれてしまいそうだ。眉間《みけん》に浅く皺《しわ》が寄っていた。

ほんとだ。良治らしくない。

良治は、不機嫌な表情や面倒くさげな仕草やこちらを煽《あお》るような物言いをしょっちゅうする。話が盛り上がって笑い合っている最中に、ちくりと皮肉や嫌みを言うし、「よしっ、やるぞ」と瑞希が意気込めば、さらりと身をかわし「おまえ、そんな単純でええのんか」と、水をさす。そのタイミングが毎回絶妙で、瑞希は笑い顔のまま固まったり、高揚した気分が瞬く間に萎《しぼ》んでいく経験を何度もした。

両手両足の指では足りないぐらいだ。

頭の回転は速いかもしれないが、ちょっと偏屈で、かなりの皮肉屋で、相当におもしろいやつ。

これが、瑞希の知っている田上良治だった。

その良治が、ぼんやりと視線を漂わすなんて珍しい。非常に珍しい。瑞希が覚えている限り、小学校四年生の夏休み、木登りをしていた柿の木の枝が折れ、地面に落ちたとき以来だ。あのとき、額を切って血を流しながら良治は、虚《うつ》ろな焦点の合わない視線を宙に向けていた。

出血よりも、その捉《とら》えどころのない眼差《まなざ》しが怖くて、瑞希は大泣きに泣きながら、助けを求めに走った。後から母が教えてくれたが、「リョウちゃんが死んじゃう、助けて。死んじゃう、助けて」と叫びながら、畑仕事をしていた母に縋《すが》りついてきたそうだ。

瑞希の記憶には、まったくない場面だった。良治の血と眼差しに驚き、怖じけ付いてから後、頭の中は真っ白で何も覚えていない。

リョウちゃんが死んじゃう、助けて。

自分の叫びだけが、微かに残っているだけだ。

傷痕《きずあと》は、今でも良治の額に斜めについている。よくよく目を凝らさないとわからないほど、うっすらとではあるが。

どうしたんだ？

瑞希は、良治の額の辺りに目をやる。ほんの一瞬、赤い血の筋が見えた気がした。

「よし、全員、揃ったな。瑞希、透哉、バッテリーで何をぼけっと突っ立ってる。座れ、座れ」

鉦土監督が手を上下に振る。

瑞希は廊下側の壁際に腰を下ろした。透哉が横に座る。

「これから、おまえたちにDVDを見てもらう」

鉦土監督が壁にかかったテレビ画面を指差した。八頭森東中学校は校舎も体育館も古く、グラウンドの設備もお粗末極まりないが、視聴覚教室だけは新しく、りっぱだった。

視聴覚教育にだけ使える予算が国から配分されたのだそうだ。どうせ予算をくれるなら、条件なんかつけないで、「現場の好きに使え」と、ドンと出して欲しいと瑞希は思う。そうしたら、あちこちが破れているバックネットも、古いプレハブの部室も直してもらいたい。練習用のボールも他の用具も欲しい。全部は無理でも、どれか一つぐらい叶《かな》わないだろうか。

「監督、何を見るんですか」

誰かが尋ねた。一年の阿久《あく》の声かもしれない。身体は小さいけれど声はでかく、物おじしない少年だった。

「去年の全国大会の決勝戦だ」

どよめきが、室内に広がった。

「おまえたちは全国大会に出場する。それは全員、わかっとることだ。けどな、それは頭でわかっとるだけだろう。全国で戦うってことが、どういうことなんか、いまいち、ピンときてない。それは、おれも同じや。人間、経験のないことは頭で幾らわかっとっても、本当はわかってないもんやからな」

「ややこしいな」

瑞希の斜め前で、山口が言った。本人は呟きのつもりだったのだろうが、山口も阿久に劣らず地声が大きいので、教室中に響いた。

みんながどっと笑った。

「そうや、ややこしい。人間ってのはややこしいもんや。だから、正直、これを見せるかどうか、おれはちょっとは悩んだんや。これを見せるのが、おまえらのプラスになるんか、マイナスになるんか、判断できんかったからな」

どういう意味だろうか？

たかだかDVDぐらいで、何を躊躇《ためら》うことがあるのか。

瑞希には、鉦土監督の言葉が大仰としか思えなかった。

「全国大会の決勝戦。神奈川の鵬林《ほうりん》中学校と北九州の第一長沢《ながさわ》中学校の試合だ。大会史に残るレベルの高い試合だったと言われとる」

「神奈川と北九州やて。何か、それだけで全国って気ぃがするな」

阿久の一言に、また、みんなが笑った。

良治は、笑っていない。前を向いているだけで、鉦土監督の顔すら見ていなかった。

透哉が身じろぎする。顔を上げ、「なっ」とささやいた。

「うん。そうやな。ほんまに……ちょっと、変だな」

瑞希は首を伸ばし、良治を見詰める。良治の顔がゆっくりと動き、瑞希の視線を捉えた。

おい、良治。どうかしたんか。

目だけで問うてみる。いつもなら、ここで、「腹が減ってんのや」とか「別に、何でもないけど」とか、正直に答えるにしても、ごまかすにしても、何らかの反応を返してくる。けれど、今、良治はふいっと横を向き、瑞希の問いかけを黙殺した。

どうしたんだ、あいつ。

腹が立つより、不安になる。喧嘩《けんか》も諍《いさか》いもしょっちゅうだし、良治はよく聞こえない振りをしたが、こんなに露骨に無視されることも無視することも、今まで一度もなかった。

「一試合を見るのは長いので、おれの方でダイジェスト版にしてみた。要点だけ、約三十分だ。しっかり目を開いて見いや」

画面に空が映った。

薄雲の広がる空だ。秋空に近い澄んだ青色をしていた。

そうか、全国大会の決勝戦って、もう、秋のとば口になるんだ。

八頭森なら、なおさら、秋色は深くなっているだろう。

画面が変わる。

大柄なピッチャーがマウンドで振りかぶっていた。縦縞《たてじま》のユニフォームを着ている。

え？　これで、中学生？　高校生並みやないか。

瑞希は思わず目を見張った。しかし、さらに驚いたのは、ピッチャーの投げた瞬間だった。揺るぎのないフォームから、一球が放たれる。その威力は画面からでも十分に伝わる。

速くて、重い。

打者のバットが空を切る。キャッチャーはこともなげに、球を捕球した。

「すげえ」

誰かが唸《うな》った。瑞希自身も胸の内で唸り声をあげていた。

すごい。

あの球速は半端じゃない。

二球目もストレートが決まった。球を捕らえたミットの音が聞こえてきそうだ。

「投げているのは鵬林の平井《ひらい》というピッチャーだ。このときは、まだ二年生だった」

「二年生！　監督、ってことは」

藤野が少し腰を浮かせる。鉦土監督ははっきりとうなずいた。

「そうだ。今年三年生になる。鵬林は今年も大会に出場することが決まっとるから、当然、平井が投げてくる。うちとぶつかる可能性も大いにあるっちゅうことやぞ」

部屋の空気が緊張した。藤野がゆっくりと腰を下ろす。

「次の場面は、やはり長沢中の攻撃の場面だ。打者が一巡して五回表の攻撃。ワンアウトランナー無し。バッターは長沢の七番で……えっと靖元《やすもと》という選手や。投げているのは、もちろん平井や。得点は0対0。カウントはツーストライク、ワンボール。完全に平井が追い込んでいる。ちなみに、前の打席では、靖元は三振だった」

大柄なピッチャーがまた大写しになる。ユニフォームの前が少し、泥で汚れていた。汗の跡がくっきり頬に残っている。

平井が振りかぶり、大きく足を前に踏み出した。

瑞希は小さく叫んでいた。

「あっ」。横で透哉も声をあげる。身体が前のめりになる。

平井の軸が少しぶれて見えた。ピッチングフォームに前のときほどの力強さがない。やられる。

瑞希がこぶしを握った瞬間、金属音が響いた。金属バットがボールを弾《はじ》き返した音だ。打ち返されたボールは、やや前進守備だったセンターの頭上を越えて、フェンスまで転がって行った。

一瞬空が映り、二塁ベースを駆け抜ける靖元の姿が画面に現れた。

速い。

かなりの俊足だ。ボールに追いついたライトの選手が、僅《わず》かに手間取り返球したとき、すでに三塁ベースに滑り込んでいた。

次の八番バッターは、バントの構えからヒッティングに切り替えて、きれいに打ち返した。

靖元がゆうゆうとホームベースを踏む。

「次は鵬林の攻撃の回や。ワンアウト、ランナー一塁。打席には四番が入る。えっと名前は……葉田枝《はたえだ》か。えらく変わった名前やな。葉田枝や。体格はそれほどでもないが、見た目より何倍もの力があるんや。バッティングフォームが実にきれいやけ、じっくり見てみろ。おい、瑞希」

ふいに名前を呼ばれ、瑞希は背筋を伸ばし、監督の顔を窺《うかが》った。監督は映像を止め、もう一度「瑞希」と呼んだ。

「あっ、はい」

「おまえなら、どうリードする」

「え？」

「おまえと透哉のバッテリーなら、この葉田枝をどう料理するて、訊《き》いたんや」

「え、あ……はい」

どうするだろう。

透哉と顔を見合わせていた。

「考えろ」

鉦土監督がぱちりと指を鳴らす。いい音がした。

「考えろ。全国に出るってことは、このクラスの打者と戦うってことや。他人事《ひとごと》として見るな。いつも、ピッチングの組み立てを考えるんや。野球ってのは、身体だけやない。頭も使わんと勝てんスポーツなんやからな」

「はい……」

画面がまた動き出す。

長沢のピッチャーの投げたカーブを葉田枝は見事に捉《とら》えた。確かに、見惚《みと》れるほどきれいなフォームをしている。

『完璧《かんぺき》』という言葉が、瑞希の脳裡《のうり》に浮かんだ。しかし、感心するのは葉田枝のフォームだけではなかった。三遊間を裂くように真っ直ぐに打球が飛ぶ。ショートが飛びついた。

歓声があがる。画面の中からも、視聴覚教室の内からも。

ショートのグラブにボールが納まっている。ショートはくるりと半回転すると、一塁に向かって真っ直ぐに送球する。飛び出していたランナーが慌てて戻ろうとしたけれど間に合わない。塁審がこぶしを突きだす。

アウト。見事なダブルプレーだった。ワンアウト一塁のチャンスが一瞬で掻《か》き消えた。葉田枝が顔を歪《ゆが》め、空を仰ぐ。

「結局、この試合は第一長沢中が勝った。全国大会での初優勝だそうや。この長沢中も二年連続で全国大会に出てくる。もちろん、優勝候補の筆頭として名をあげられている」

画面が消える。

誰も何も言わなかった。身動きさえ、しなかった。窓から吹き込む風に、カーテンがさらさらと音をたてるだけだった。

「これが全国や」

鉦土監督の視線が八頭森東中学校野球部員一人一人に向けられた。向けられた者は、ある者はうつむき、ある者は横を向く。

瑞希は監督の視線を受け止めた。透哉も目を伏せも逸《そ》らしもしなかった。背筋を伸ばし、見返している。

「おまえたちは、こういうチーム、こういう選手たちと戦う。それを胆《きも》に銘じとけ」

監督の声音はいつもよりずっと、低かった。

聞き取り辛《づら》いほどだ。

「全国大会出場が決まってから、おまえたちは少し、浮かれていたな。いや、おまえたちだけやない。おれも……おれが一番、浮かれとったのかもしれん。正直、八頭森東が全国に行くなんて、想像もしてなんだからな。それで、何となく、全国大会出場はオマケみたいなもんだ、一回戦で負けてもしゃーないわ、大会に出られただけで十分……みたいな気分になってた。おれが、やぞ。けど、このＤＶＤを見てたら、なんや急にむらむらきてな。変な意味やないぞ、誤解すんなよ」

監督の冗談に、阿久がくすっと笑った。他は誰も笑わなかった。固まったように動かない。

「なあ、おまえたちもむらむら、こんか？　せっかくのチャンスや。こんなチームたちと試合ができる機会なんて、おれたちにはそうそうないぞ。だから、いいかげんな気持ちで試合に臨むな。負けてもいい、負けて当然なんて、アホなことをちらっとでも考えるな。おまえらが考えなあかんのは、どうしたら試合で全力を出せるかってことだ。試合の雰囲気にのまれず、相手の強さにびびらず、自分たちの普段通りの野球をし、実力を発揮する。それをどうしたらできるか、一人一人が考えてみいや。そしてな」

もう一度、監督は部員たちを見回し、ふっと息を吐いた。

「おまえたちが、おまえたちの野球をきちんとやれば、十分に全国に通用する。鵬林にだって、第一長沢中にだって負けたりせん。互角に戦える。いや、互角以上に戦えるんや」

それを忘れるな。

監督はそう言うと、口を結んだ。

瑞希は黒い画面を見詰める。

互角以上に戦える。

その一言を何度も反芻《はんすう》する。

そうだ、びびることなんてないんや。恐れることなんてない。透哉が投げて、おれが捕る。透哉の後ろには、みんなが控えている。

負けるわけがない。

監督の目を見詰める。

そうだ、その通りだと言うように、監督が点頭した。それから、

「透哉」

と、やや声を低くして透哉を呼んだ。呼ばれた本人は、顔を上げ小さく息を吸い込んだ。

「どうだ？」

監督は声を低めたまま、短い問い言葉を透哉に投げる。

今、目にした映像をおまえは、どう思う。

そう問いかけているのだ。

瑞希は首をねじり、透哉の横顔を見詰めた。口元が結ばれ、頰が僅かに上気している。人前で発言することは、透哉にとって何より苦手なものだった。今でも教室内で積極的にしゃべることは、ほとんど無い。ただ、野球部に入ってからは、一日も欠席することなく登校していた。

「まさか、部活の時間だけ来るってわけにも……いかないだろう」

いつだったか、苦笑しながらそう言っていた。あれは……透哉とバッテリーを組んで間もなくのころだったと思う。

良治と透哉と瑞希と、いつものように三人で下校していたときだ。田圃《たんぼ》の上を風が渡り、緑の剣のように真っ直ぐに伸びた稲をわさわさと揺らしていた。

「瑞希なんか、部活のためにだけガッコに来てるようなもんやぞ」

良治が稲の葉先を千切りとり、口にくわえた。ピーッと甲高い音が漏れる。稲でも麦でも雑草でも、良治は実に巧みに鳴らすことができた。

「おまえだって、同じようなもんだろうが」

「おれ？　おれは、ちゃんとオベンキョーやっとるで。瑞希みたいに四六時中、野球のことばっか考えとれんもんな」

「おれだって、野球のことばっか考えとるわけやない」

「へーぇ、じゃあ他に何を考えとんや。ぜひ、聞かせてもらいたいもんやな」

「そりゃあ……いろいろとや」

「いろいろって？　どんな、いろいろでございましょうか。たとえば？」

「たとえば……」

いろいろに考えはする。

たとえば、自分の来し方と行く末について。たとえば、父母があんなに懸命に働いているのに一向に楽にならない暮らしについて。たとえば、黙って八頭森から去って行った友人について、考えはするのだ。けれどそれは、束の間空にかかった虹《にじ》のように、すぐに掻き消えてしまう。だからやはり、良治の言う通り、一日の大半は野球のことを考えているかもしれない。

透哉というピッチャーに巡り合ってからは、さらに濃く、さらに強く、野球に思いを馳《は》せるようになった。

「たとえば、給食の献立について、かなり真剣に考えるとか」

良治が口を挟む。

「それは、おまえだろうが。一カ月分の献立表を丸暗記してるって評判やないか」

「そんな評判、聞いたことねえよ」

「かもな。今、思いついて言うてみただけやから」

瑞希と良治のやりとりに、透哉が笑う。大笑いすることはなかったが、けっこう楽しそうだった。

透哉はわりによく笑うのだ。

マウンドに立てば、どこか研ぎ澄まされたような緊張感を漂わせもするけれど、一歩そこから離れると、ときに柔らかく、ときに屈託のない笑みを浮かべることが度々ある。だからといって、他人と言葉を交わすことが得手になったわけではないのだろうが。

「どうだ、透哉。感じたことを言うてみ」

監督が透哉を促す。

――おい、だいじょうぶか。

心の中で語りかける。

透哉がゆっくりと立ち上がった。

「全国大会は……やっぱり、すごいと思いました。特に、鵬林と長沢中の試合は……レベルが一つ上のような気がします」

こくりと息を飲みこみ、透哉は続ける。

「でも……監督の言う通り、そんなには……違ってないと思います」

「うちと鵬林や長沢中の実力には、そんなに差がないと？」

「はい。ないと思います。うちの方が上だとまでは……言わないけれど、同レベルなのは……確かです。だから……負けないと思います」

教室がどよめいた。そのどよめきに誘われたかのように、風が吹き込んでくる。カーテンが風をはらみ、大きく膨らんだ。

「瑞希」

これも唐突に、監督は瑞希を名指しした。唐突だけれど、呼ばれる予感は微《かす》かにあった。

「はい」

瑞希も立ち上がる。

「おまえの相棒、うちのチームのエースの言うたこと聞いてたな」

「はい」

「おまえは、どう思う」

「透哉の言う通りだと思います」

さっきよりも、幾分かは小さなどよめきが起こる。

「では、尋ねるけどな、全国大会で鵬林か長沢中とぶつかっても、勝つ自信はあるんやな？」

「負ける気はしません」

強がりでも、はったりでもない。

負ける気はしなかった。相手がどんなチームでも、負けるなんて一分も思わない。

一瞬、目を閉じる。眼裏に平井というピッチャーのピッチングフォームがよみがえった。

透哉の方が迫力がある。力がある。平井は靖元に打たれたけれど、透哉なら完璧《かんぺき》に抑えただろう。

負けはしない。

胸の中で呟《つぶや》く。その呟きが耳に届いたかのように、監督は口元をほころばせた。

「おい、みんな、聞いたか。バッテリー二人して、『負けない』と言い切ったぞ。今の二人の科白《せりふ》をしっかり刻みこんでおけ」

おうっと声があがった。空気が生き生きと弾んでくる。

「そうだよな。このぐらいのチームやったら、互角にやれる」

「おー言うたな。おまえ、そこまで言うんやったらホームランの一本でも打てや」

「まかせとけ。二本でも三本でも打ったるわい」

「ほんま、瑞希の言う通りやで。負ける気はせんな」

急に騒がしくなった空気を制するように、監督は手のひらを部員たちに向けた。そして、三人目の名前を呼んだ。

「良治」

瑞希と透哉は同時に良治の座っている片隅に、目をやった。

「おまえの意見を聞かせてみろ」

「おれの……ですか」

「そうだ。おまえはどう思う。八頭森東は全国と互角に戦えると思うか。鵬林や長沢中と試合をして、勝てると思うか」

「さあ……」

良治は座ったまま、首を傾げる。

「どうだか、よく、わかりませんけど」

「わからんと？」

「わかりません。やってみんとわからんのが勝負ってもんでしょう。ただＤＶＤ見ただけじゃ、何にもわからんと思いますけど」

良治の口調は何となく投げやりで、何となく気だるそうに響いた。監督が顎《あご》を引く。

「では、負けるとも勝つとも、言い切れんてわけか」

「言い切れんでしょ。そりゃあ、瑞希みたいに『負けない』って断言したらかっこええし、みんなを煽《あお》るにも都合がええけど、でも、そういうのおれ的には無しです」

高揚した空気が萎《しぼ》んでいく。

良治は、短いため息を吐き出した。

なんだよ、それ。

瑞希は唇を軽く噛《か》んだ。

おれがいつ、みんなを煽ったよ。

おまえは、どう思う。

と、問われたから、思ったままを答えただけだ。チームメイトを鼓舞する気など、まして、煽る気などさらさらなかった。

心外だ。

「やっぱ、全国は全国やで。あんまり、なめてかからん方がええと思いますけど」

良治は、黒い画面に向かって顎をしゃくった。

「その平井なんちゃらとかいうピッチャーの球かて、打たれた場面を見たから、何か打てるような気もするけど、実際、打席に立ったら生の迫力とか、ソートーやないんですか。意気込みだけで打てるほど、甘い球やないでしょ」

「なるほど」

鉦土監督が唸《うな》った。

「なかなか厳しい見方やな、良治。中学生とは思えん」

「瑞希が単純過ぎるんです」

良治の一言に、笑いが起こる。

山口など身体を揺すって笑い転げていた。

他人を笑い者にしやがって。

瑞希にすれば、ただ腹立たしいだけだ。

「おい、良治、おまえな」

あんまし、調子に乗んなよ。

言いかけた言葉が途中で途切れた。手首を摑《つか》まれたからだ。透哉の指が食い込むほど強く、瑞希を捕らえていた。

なんや？

眼差《まなざ》しで尋ねてみる。

透哉がゆっくりとかぶりを振った。

何にも言うなと？

そうだと、透哉の眸《ひとみ》が返答する。

瑞希は黙って、浮かしかけた腰を下ろした。下ろしはしたが、胸の中でわだかまりが蠢《うごめ》く。良治への反発ではない。真実をみんなに伝えたいという思いだ。

なぁ、みんな。おれたち、負けたりしないって。透哉の球、ほんとにすげぇんや。

おれは、それを知ってるんや。

伝えたい。

もう一度、立ち上がろうかと足に力を込めたとき、鉦土監督が笑った。くすくすと、さもおかしそうな柔らかい笑いだった。

「さて、どうする。みんな。二つの意見が出た。全国、怖れるに足らずというやつと、もっと怖れろというやつと」

手が挙がった。

「おっ、キャプテン。意見があるか」

「はい」

藤野が立ち上がる。習い性になっているのかグラウンドにいるときのように、軽く尻《しり》をはたく。

「怖れず怖れてで、いけばええと思います。山城と田上の真ん中あたりで、相手をあんまり怖がらず、かといってなめてかからずで、どんとぶつかっていけばええでしょう」

「なるほど、さすが、キャプテン。まとめるのが上手《うま》いな」

鉦土監督は笑みを浮かべたまま、藤野に座るよう促した。

「他に意見はないか。感想でも構わんぞ」

数人が身じろぎしたが、それだけだった。室内が静まる。そうかと鉦土監督は息を吐いた。

「透哉の言ったこと、瑞希の言ったこと、良治の言ったこと、キャプテンの言ったこと、各自でじっくり考えろ。考えないやつに野球はできん。何度も言うが、おまえたちは全国に行く。こんな機会、めったにない。誰でもが手にできる機会やないんだ。それをおまえたちは手に入れた。自分たちの力でもぎとったんやぞ。それを忘れるな。

全国でどんな試合をしたいか、どんなプレイをするか、どう戦うか自分の頭で考えるんだ。ここをしっかり働かせるんや」

自分の頭を指先で軽く叩《たた》き、大きくうなずく。

「良治の言うように、生の全国をもうすぐ味わえるぞ。楽しみなこっちゃ。おれの言いたいことはそれだけや。では、通常の練習にもどれ。キャプテン、練習メニューは確認してるな」

「はい」

「よし、解散」

「五分後に、バックネット前に集合」

監督とキャプテンの声が繋《つな》がる。

部員たちは急ぎ足で、教室を出て行った。瑞希は廊下の端に立ち、グラウンドへと向かう部員たちの背中を、目で追うともなしに、追っていた。

良治は最後に、廊下に出てきた。そのまま、黙って傍らを行き過ぎようとする。

「おい」

腕を摑む。

「ちょっと、待てや」

「何や、痛いやないか」

良治は眉間《みけん》にうっすらと皺《しわ》を寄せ、瑞希の手をはらった。

「おまえ、どうしたんや？」

邪険にはらわれた手を握りしめ、瑞希は良治のいかにも不機嫌な顔を覗《のぞ》き込んだ。

「どうしたって、何がどうしたんや？」

「とぼけんな。何でそんなに塞《ふさ》ぎこんでる？」

「塞ぎこむ？　おれが？」

「そうや、むすっとして、やたら機嫌が悪いやないか」

「へぇ、そりゃあ初耳やな。おれのどこが、どんな風に、塞ぎこんで機嫌が悪かったんや。ちゃんと説明してもらいたいもんやな」

「ほら、そんな風につっかかってくる。そーいうの、おまえらしくないやないか」

良治は気難しい面もややこしい部分も持っている。決して、扱いやすい相手ではない。

でも、こんな風に妙に絡んでくる性質ではなかった。嫌みにも皮肉にもほどほどのユーモアをちゃんと潜ませられるやつなのだ。闇雲に相手を傷つける物言いなど絶対にしない。

だから、安心して付きあえる。

瑞希は、良治の根っこの根っこを信頼していたし、理解しているとも自負していた。

けれど、今日の良治は言葉にも眼つきにも棘《とげ》を含ませている。ちくちくとこちらを刺してくる。さっきの、どこか虚《うつ》ろな眼差しと共に、どうにも気になった。

「良治、おまえな」

「うるさいやっちゃな」

良治は音高く舌打ちすると、上目づかいに瑞希を見やる。睨《にら》むと言った方が相応《ふさわ》しいかもしれない。それくらい、険しい視線だった。

「ほっといてくれ」

「は？」

「一々、おれにかまうな。鬱陶《うっとう》しくて、たまらんやないか」

「鬱陶しい？　おれは、心配してるんやぞ」

「誰がいつ心配してくれなんて頼んだ。おまえのおせっかい好きは、おかん譲りやな。ほんま笑えるで」

さすがに、腹が立った。腹の底が熱くなるような怒りが、身体中を巡る。耳朶《みみたぶ》まで熱くなる。

「ふざけんな。さっきから聞いてりゃ鬱陶しいだの、おせっかいだの好き勝手なこと言いやがって、おまえな」

良治に一歩、詰め寄ろうとした身体が止められた。肩を後ろから強く引かれたのだ。

「透哉……」

透哉が瑞希の肩を掴み、さっきと同じ仕草で首を振った。

指先が食い込んでくる。

かまうなと、そう言ってるのか、透哉。

肩から指が離れる。

透哉は離した指を握り込み、目を伏せた。

良治は瑞希から透哉へ視線を移し、肩を竦《すく》めた。

瑞希の横をすり抜け、階段を下りていく。その後ろ姿を目で追いながら瑞希は吐息を漏らしていた。

「確かに、透哉の言う通りや。あいつ、おかしい。ちょっとひねくれてんのはいつも通りやけど、あんなふうな物の言い方をするようなやつじゃねえんだ」

「うん……」

「どうしちまったんだ。何かあったのか……」

何かあったのなら、なぜ黙っているんだ、良治。一人で抱えきれないものをおれたちはいつも、互いに吐き出してきたじゃないか。何で頑《かたく》なに、隠そうとするんだ。

「野球が……関わってるのかな」

透哉が呟《つぶや》いた。その呟きが鼓膜にぶつかってくる。

「え？　野球？」

「うん……田上くん、監督の話を聞きながら……つらそうだったけど。もしかしたら野球のことで何か……」

「何かって、何や？」

「それは……わからないけど……でも」

透哉がまた、目を伏せる。

「でも？」

「うん、あの……田上くん、山城くんになら、話すと思う。今は、話せなくても、近いうちに……きっと……。だから、待っていた方が……いいと思う」

「あぁ……かもな」

そうだ。そうだ。そうだよな。

今までだってそうだった。

自負や自尊心や見栄から、おれたちは限度いっぱいの重荷を抱え込もうとする。これくらい、一人で耐えられるんだと、作り笑いを浮かべたりする。でも、どうしても無理だとわかったら、さらけ出す。自分の抱え込んでいたものを、背負っていたものを躊躇《ためら》いなく相手の前に投げ出す。

「半分、持ってやる」と手を差し出されることも、「こんな、くだらねえもの、捨てちまえよ」と言い切られることもあった。瑞希もまた、あるときは手を差し伸べ、あるときは言い切ってきた。

　今度も、そうだ。

　それが何かは見当もつかないけれど、良治はまだ、自分一人の力で抱えていられる。だから、口をつぐみ、視線を険しくする。だとしたら、待つしかない。

　良治が瑞希の前に重荷をさらけ出してくれるまで、待つしかない。そして、また、耐えて耐えて一人、踏ん張っている間に荷が軽くなることもある。稀《まれ》にだが、消えてしまうこともある。

　どちらにしても、待つしかないんだ。

「透哉、カンシャ」

「え？　感謝って？」

「おまえに待てって言われんかったら、おれ、頭にきちまって、良治のことがんがん問い詰めてたかもしれん」

　本音だった。

　透哉が止めてくれなかったら、苛立《いらだ》ち、良治の胸ぐらを摑《つか》んでいただろう。そうすれば、良治はさらに頑なに口をつぐみ、そっぽを向くだけだ。

　相手を心配し、慮《おもんぱか》っているつもりが、つい感情のほとばしりや押し付けになってしまう。おれの気持ちがわからないのかと、相手を詰《なじ》ってしまう。

偽善と紙一重の思いやりなどいらない。そんな紛《まが》い物に縋《すが》らねばならないほど、おれたちは弱くない。

瑞希自身、ずっとそう感じていたし、無遠慮に思いを押し付けてくる相手を疎んじてもいた。それなのに、何てことはない。無遠慮な疎ましい相手と同じことをしようとしていた。

恥ずかしい。

「おまえは、とことんイラチやって、いつも良治に嗤《わら》われてんやけど。ほんまそうやな」

「イラチ?」

「えっと、つまり、気が短すぎるやつのこと。いつも、イライラしてて、冷静にものを考えられないって言うか……」

透哉が瞬《まばた》きした。小さな、しかし、はっきりとした声で言う。

「山城くんは、いつも冷静だよ」

「え? あ、そうか。でも……」

「リードはね。うん……いつも冷静で、絶対、ぶれないよね。豊丘《とよおか》中との試合、覚えている?」

「もちろん」

豊丘中学校とは、地方大会の準決勝でぶつかった。全国大会の経験が何度もある強豪校で、攻めのチームでもあった。チーム打率と得点数は、参加校の内でも頭抜けていたはずだ。当然、優勝候補の筆頭に名を挙げられていた。

確かに、一番から下位まで切れ目のない打線で、破壊力は相当なものがあった。試合当日、透哉は少し風邪気味でボールに、いつもの精彩が欠けていた。

疲れが出ていたのだと思う。

先発投手陣とかリリーフ陣とかそんな贅沢《ぜいたく》な者は八頭森東にはおらず、リリーフピッチャーの石垣も力はつけてきたがまだ磐石《ばんじゃく》とは言い難い。透哉は重責を背負いながら投げ続けていたわけだ。疲れもするだろう。

「瑞希、透哉のやつ、だいじょうぶか」

鉦士監督に尋ねられた。だいじょうぶだと答えた。

「作楽の調子、どうだ」

キャプテンの藤野に問われたときも、「絶好調じゃないですけど、悪くもないです」と曖昧《あいまい》な返事をしていた。

良治だけはごまかせなかった。ごまかそうとも思わなかった。

「おい、瑞希。透哉、かなりバテてるって、感じか」

「かなりじゃないけど、そこそこ疲れが出てるんかもしれん。いつものように、ピシッと決まる感じがせんのや」

「ふへっ。それ、チョーヤバくねえか。透哉が打たれたら後がないで。石垣じゃ、まだ無理や。ピッチャーの人材ゼロメートル地帯ってのが、うちの実情やからなあ」

「何だよ、そのややこしい言い方。だいじょうぶだ。ちょっと調子が落ちてるぐらいの方が、いい試合ができるって」

「ほほっ。言うねえ、山城くん。で？」

良治は肘《ひじ》で瑞希の脇腹をつついた。声音が張り詰める。

「キャッチャーとしては、どうするつもりや」

「攻める」

良治の目が見開かれた。

「徹底的に攻めていく」

透哉の球はそういう球だ。

かわして凌《しの》ぐのではなく、真っ向から攻める。それが本領なのだ。

だから攻める。徹底的に。

良治がにやりと笑った。

「キャッチャーらしくなったやないか、瑞希」

「そうか」

「そうや。透哉にずい分と鍛えてもらったってことやな」

「まっ、そういうこと」

瑞希も笑みを返す。

豊丘中との試合、瑞希は言葉どおり、それまでの試合に増して攻めのサインを出し続けた。

真っ直ぐに、堂々と投げ込んでこい。

マウンドの上で、透哉はサインの度にうなずいた。一度も、首を横に振らなかった。

3対2。

試合は、最少得点差で八頭森東が勝利した。

「あの試合のとき……おれ、ほんと調子が悪くて、身体が重くて、思うように動かなくて……。マウンドが、いつもよりずっと遠かった」

「マウンドが？」

「うん。何だか歩いても、歩いても、行きつけないような感じがして……マウンドまでが長かった……」

「そうだったんか」

気がつかなかった。

調子が悪いとは感じていたが、そこまでとは思ってもいなかった。

おれも、まだまだやな。

エースの調子さえ、ちゃんと摑めていなかったなんて、キャッチャーとしては失格だな。

自分で自分を恥じる。

「正直、最後まで投げ切れるかなって不安で……あんな気持ちになったの、初めてだったから……どうしていいかわからなくて……マウンドに立っても心臓がばくばくしてて……息苦しいほどだった。そしたら……山城くん、マウンドまで走ってきて、言ったろ」

「あ、うん。覚えてる。確か、攻めていこうって言うたんだよな」

「うん。『この試合、がんがん攻めていくからな。そのつもりで投げろよ』って……。山城くん、おれの調子の悪いの、試合が始まる前から、ちゃんと見抜いていて……ちゃんとわかってて、攻めていくって言い切った。すごいなって思った。すごい強気で、でもリードは冷静で……山城くんのリードじゃなかったら、きっと、おれ……三回、もたなかったと思う」

「そんなわけ、ねえだろ」

思わず声を大きくしていた。

透哉が驚いたように、口をつぐみ、瞬きを繰り返す。

「おれのリードじゃなくたって、おまえなら豊丘なんかに負けたりせんかった。どんなに調子が悪くても、最後まで投げ切って勝利投手になってたはずや」

「……そうかな」

「絶対にそうや。おれが攻めるって言ったのは、おまえを励ますためなんかやないぞ。攻めの球が一番、威力があるからや。攻めて、攻めて、相手を倒す。おまえはそういうピッチャーなんや」

瑞希は唇を結んだ。

気がつかないことも、理解できないこともたくさんある。見落としてしまうこと、見過ごしてしまったことも、数多くあるだろう。キャッチャーとしてあまりに未熟であると、思い知ることも度々だ。けれど、透哉については、間違っていないと確信できた。作楽透哉というピッチャーの資質は攻撃にある。その認識は揺るがない。一分の迷いもなかった。

「おれは、これからも、おまえに関する限り、逃げようとかかわそうとかは、考えんと思う。行けるとこまで突っ走るみたいな、全力で投げ切るみたいな、そんなリードをする」

それが、おまえに最も相応《ふさわ》しいからだ。

「うん」

透哉がうなずく。

闘志とも興奮とも無縁の静かな動作だった。

「さっ行こうぜ。みんな、とっくにグラウンドに集合してる」

廊下にはもう、野球部員は一人もいなくなっていた。透哉を促し、走り出す。

窓ガラスが夏の光を浴びて、眩《まぶ》しく輝いた。

家に帰り、玄関を開けたとたんシロが飛び出してきた。白い縮れ毛の小型犬は、短い尾を精一杯振って、透哉に飛びついてくる。

お帰り、お帰り、待ってたよ。

ねえねえ聞いて、聞いて。今日、ボクね。

そんな風に、懸命に何かを伝えている。

透哉は、シロを抱き上げ、顔を近づけた。桃色の小さな舌が鼻から頬にかけて、ぺろぺろと舐《な》めてくる。

「くすぐったいな」

透哉は笑いながら、小犬を下ろした。

もっともっと、ダッコしてよ。

ほら、顔を舐めてあげるから。

シロは後ろ足で立つと、透哉の脚を前足で何度も掻《か》く。

「おや、お帰り。遅かったね」

祖母の美紗代がエプロンで手を拭《ふ》きながら、廊下に出てきた。その背中を追いかけるように、甘辛い匂いが漂ってくる。

「ばあちゃん、今日はすき焼き？」

「そうそう、ようわかったね。とっても上等の牛肉が手に入ったで、たっぷり作ってみたんや。透哉の好物やろ」

「うん。すげえ腹が減ってたんだ。腹の虫が匂いを嗅《か》いで、さっきからぎゅるぎゅる鳴いてる」

そう言ったとたん、本当に腹が鳴った。ぐぅぐぐーっと、奇妙な音をたてる。

「まっ、透哉いうたら」

美紗代が天井を仰ぐように顔を上げ、笑う。

「ほんまにお腹が空《す》いてんのやね。もう少しでできるけ、着替えておいで。手もちゃんと洗《あろ》うてな」

「うん」

シロが足元にまとわりついてくる。蹴《け》飛ばさないように気を配りながら、階段を上る。

「透哉」

階段の途中まで上ったとき、祖母が声をかけてきた。遠慮がちに問うてくる。

「学校……どうや？」

「どうって？」

「楽しいか……」

身を捩《よじ》り、階下の祖母を見詰める。白髪の小柄な老女だ。

楽しい？

さて、どうだろうかと、透哉は考える。祖母の問いかけが、今日一日ではなくこれまでの日々に向けられたものだと理解できた。「学校……どうや」。おそらく、この一言を祖母はずっと胸に抱えていたのだろう。

さて、どうだろうか？

十四歳の少年や少女が三十人ちかく詰め込まれた夏の教室は、蒸し暑い。それでも、時折、吹き込んでくる風が驚くほど涼やかで、首筋に滲《にじ》んだ汗をきれいにふき取ってくれた。

そんな風に出会う度に、透哉はここが八頭森なのだと思う。建物が密集し、人が溢《あふ》れた都会ではなく、木々の影や川の流れが風を冷ましてしまう山間《やまあい》の町なのだと。

ふと窓の外に目をやれば、山々は猛《たけ》る緑に覆われ、入道雲を背負って聳《そび》えている。その風景も、現実を、家族から遠く離れ祖母の家に暮らしている現実を、改めて透哉に突き付けてくる。

別に寂しいわけではない。孤独感に苛《さいな》まれるわけでもない。ただ、不思議な気がした。

八頭森というこの場所で、再び野球を始めた自分が、マウンドに立ち山城瑞希のミットに一球を投げ込んでいる自分が、不思議でならない。スポーツバッグを一つ提げて、祖母の家の玄関に立ったとき、またボールを握りマウンドに立つなんて、立てるなんて考えてもいなかった。

野球に未練はあった。諦《あきら》めきれない思いが胸の底で、熾火《おきび》のように燃えていた。けれど、その火はいずれ弱まり、灰も残さず消えてしまうだろう。自分自身に言い聞かせていた。

まさか、ここまで掻き立てられるとは。

ここまで赤く燃え上がるとは。

学校が楽しいかと問われれば、首を傾げざるを得ない。けれど、再び出会えた野球は、文句なく楽しい。野球を本気で楽しんでいる自分が、確かに存在した。

「うん。楽しいよ」

透哉が答える。祖母がほっと息を吐いた。

「さよか。それはよかったで」

本当に安堵《あんど》したような物言いだった。

祖母が自分のことを――両親と離れ、八頭森の中学校に通う孫のことを――心底案じていると強く感じていた。

祖母は透哉を哀れにも愛《いと》おしくも思い、大切に扱おうとしているのだ。

よく、わかっている。

わかってはいるけれど、時に、祖母の心配りや気の使い方が重くてたまらなくなる。

ばあちゃん。おれ、だいじょうぶだから。一人でちゃんと立っていられるから。だから、放っておいてくれよ。何もできない子どものように扱わなくていいんだ。

そう告げたい衝動にかられたりする。

過剰なものは、昔から苦手だった。

色も、言葉も、感情も、溢れ返りぶつかってくると、反射的に身をかわしてしまう。軽くいなすことも、真正面から受け止めることもできない。自分で自分の不器用さが情けなくもあるけれど、どうしようもない。

これが今の自分自身なのだ。

「無理せんが、ええよ」

祖母が言う。

「無理して頑張ったって、ええことにはならんでな」

労《いたわ》りの一言だった。

「ばあちゃん」

「なんね」

「おれ……全国大会に出るんだ」

ふっと言葉が零《こぼ》れていた。そんなことを今さら告げる気など、微塵《みじん》もなかったのに。

祖母の皺《しわ》に囲まれた目が瞬く。口が薄く開く。

「ああ、そうやね。野球の話やろ。えらい評判になって、うちも鼻が高いでな。透哉は何て言うたかの……えっと、ピッチャー？　そうピッチャーなんやろ。一番、偉いんよな」

苦笑していた。

「ばあちゃん、野球のポジションに偉いとか偉くないとか、違いはないから」

「けど、ピッチャーって球を投げる者のことやろが。ばあちゃんだって、球を投げんと野球ができんぐらいは知っとるで。そうやろ」

「それは……まぁ、そうだけど」

「そしたら、やっぱ球を投げる者が一番、偉いんや」

祖母は勝ち誇ったように胸をそらした。

「あんたは作楽の家の者やでな。一番偉くて当然なんや。他の者とは、やっぱり違うでな。うん、そうや、まるで違うんやで」

祖母のこういう自負心、家柄や血筋を誇る心持ちを透哉はどうしても理解できない。滑稽《こっけい》で旧弊な価値観としか感じられなかった。

少し苛立《いらだ》ちが増す。

少し語気が荒くなる。

「野球に家なんか、関係ないよ」

祖母が何か言いかけた口を閉じ、透哉を見上げる。

「何にも関係ない。だから、楽しいんだ」

家柄も血筋も、身分も地位も、何の関係もない。余計なもの余分なものを野球は全て弾《はじ》き返す。

だから、楽しい。おもしろい。のめり込む。

クィ〜ン、クィ〜ン。

先に階段を駆け上がったシロが甘え声を出し、前足で床を掻《か》く。早く来いと、急《せ》かしているのだ。

透哉は階段を上り、シロを抱き上げた。シロの舌が顔中を舐《な》めてくる。部屋に入りドアを閉めると、長いため息をついていた。

あんな言い方、しなくてもよかったのに。

悔いに近い感情が頭をもたげてくる。

祖母に対し、あんなに苛立たなくてもよかったのだ。あんなにきつい物言いをしなくてよかったのだ。

以前の透哉なら黙っていただろう。苛立ちさえ感じなかったかもしれない。このごろ、硬く縮こまっていた感情が解《ほぐ》れ、蠢《うごめ》き、ときに荒々しくうねったりする。透哉本人が驚き、持て余すほど激しく動くのだ。怒りも喜びも楽しさも苛立ちも、みな瑞々《みずみず》しく鮮やかな情として、透哉の中で膨れ上がる。弾け、飛び跳ね、揺れ、あちこちにぶつかる。

八頭森に来てから透哉は、自分が意外なほど感情的な人間だったと思い知った。こんなにも様々な、こんなにも豊かな感情を秘めていたのかと、戸惑う。

この試合、がんがん攻めていくからな。そのつもりで投げろよ。

瑞希がかけてきた科白《せりふ》がよみがえる。

マウンドで聞いた科白だ。

不調のまま立ったマウンドだった。相手打線を抑え切る自信がなく、試合の始まる前から疲労感を覚えていた。どう逃げるか、どう切り抜けるか、思考はそちらにばかり流れていく。

そんなとき、瑞希はマウンドまで走り寄り、マスクを取り、透哉に告げたのだ。

この試合、がんがん攻めていくからな。そのつもりで投げろよ。

思わずキャッチャーの顔を見詰めていた。

透哉の視線を受け止め、瑞希が笑う。

不敵な。

透哉にはそんなふうに見えた。

不敵な笑みだと。

まだ、十四歳の少年がこんな笑みを浮かべられるのかと、驚いた。驚くと同時に、すっと心が軽くなった。それまで圧《の》し掛かっていた疲労感が遠のき、指の先まで血が通う。指一本、一本が熱を持ちとくとくと鼓動を刻み始める。

そうか攻めるのか。

守りに入るのではなく、あくまで攻める。そういう投球を要求されるわけだ。

「おまえの球は攻めるためにあるんやで」

瑞希はそう言い、キャッチャーのポジションへと戻って行った。

あのときからだ。

透哉の中で何かが少しずつ変わり始めたのは。何がどう変わったのか明言できないし、これからどう変わっていくのか見当もつかない。自分のことなのに確かなものは、何一つない。

でも、揺るがなくなったと思う。

透哉の中に、透哉を貫く一本の杭《くい》が打たれた。そんな気がしてならない。

だいじょうぶだ。もう、逃げたりはしない。野球からマウンドからピッチャーであることから、目を逸《そ》らしたりしない。

ベッドに横になると、シロが足元にうずくまりすぐに寝息を立て始めた。クロの野太い吼《ほ》え声が庭から聞こえる。

なんでだろう。

瑞希のことを考える。

なんで、あんなに揺るぎなくおれを信じてくれるんだろう。

なぜだろう。答えを知りたい。知りたければ直接、問えばいいのだ。でも、問うても満足な回答は返ってこないだろう。

瑞希は困ったように視線を彷徨《さまよ》わせ、考え込み、「だっておれ、信じられるから、信じてるだけやで」なんて答えにならない答えを、もごもごとしゃべるだろう。

その口調も、顔つきも、身ぶりも現実のもののように、はっきりと見えた。

おもしろいやつだな。

透哉は天井を見上げたまま、笑っていた。

瑞希の無条件の信頼もまた、過剰と言えるかもしれない。絶対におまえを信じきるという一言は、とてつもなく重いものとなる。けれどその重さは重荷として圧し掛かってくるよりも、確かな柱となって透哉を支えてくれるような気がする。

重荷となるもの、支えとなるもの。

人の情の在り方をどこでどう線引きできるのか、透哉にはわからない。

ただ、「おまえを信じきる」という瑞希の想いを透哉もまた、信じることができた。

シロが顔を上げ、ふぁりと欠伸《あくび》をした。薄桃色の舌先がちらりと覗《のぞ》く。眠たげな眼つきで透哉を見上げ、また目を閉じる。

他人に信じられることが、他人を信じることがこんなにも自分を支えてくれるなんて、知らなかった。

手を伸ばし、傍らのボールを掴《つか》む。

軟式ボールが手のひらに静かに添ってくる。

冷たくて硬く、そのくせ、微《かす》かな温《ぬく》もりを感じさせる軟球。ゆっくりと握り込む。

「よっしゃ、こい」

瑞希の声とミットの音が耳の奥に響いてくる。

間もなく、全国大会だ。

していた。

八頭森で出逢《であ》ったチームメイトたちと共に全国に挑む。挑むための夏が始まろうとしていた。

勝敗にこだわる気持ちはさらさらなかった。

負けて悔しいと感じたことも、相手を打ちとって得意になったこともない。マウンドに上がって、投げられればそれでよかった。今までは。そう、今まではそれでよかった。

でも、今年は勝ちたい。

強く思う。

勝ちたい。あのチームメイトと一緒に、一試合でも多く野球を続けたい。

八頭森東中学校は早ければさ来年、遅くとも数年後には廃校になると耳にした。

「おれらが最後の卒業生になるっちゅう可能性、かなり、あるわけよ。とすると卒業式でコーチョーが『きみたちは、この八頭森東中学校の最後の卒業生としての誇りを忘れずに』なんたらかんたらと、いつもより長い挨拶《あいさつ》をたれる可能性も高いってことやな。あーぁ、考えただけでユーツになるで」

田上良治が本当に憂鬱《ゆううつ》そうな口調で言った。三人で夕暮れの道を帰っていた。練習で疲れた身体に、山からの風が心地よく染みたのを覚えている。

母校が廃校になる現実よりも、校長の祝辞の長さを憂うあたりが田上くんらしいと、心の中で呟《つぶや》いたのも覚えている。

「おまえな、コーチョーの挨拶なんてどーでもええやないか。それより、廃校のうわさの方がおおごとやぞ。ほんまのことなんかな」

瑞希がこれも憂鬱そうに顔を顰《しか》めた。

「おれ的には、そっちこそどうでもええって気分やな。どーせ、おれらが卒業した後のことやし」

「けど母校が無くなるなんて……」

「へっ、惜しむほどの学校かよ。どうなったって、カンケーねえし。だいたい瑞希は何でも甘過ぎるんや。融《と》けかかった綿飴《わたあめ》みてえにべとべとしてるで」

良治が突き放すように言い切る。

瑞希は唇を結んだまま、黙り込む。

透哉は最初、二人のこの雰囲気にかなり戸惑った。良治は瑞希に対し言いたいことを言いたいようにぶつけていたし、瑞希は、本気で腹をたてていた。

傍らにいるとはらはらする。

人と人とのぶつかり合いを目の当たりにすると、それが暴力や罵詈《ばり》を伴わなくても、怯《ひる》んでしまう。一歩も二歩も引いてしまう。そんなにあからさまにぶつかったら、二度と修復できなくなる。互いを傷つけるだけではないか。

しかし、翌朝、瑞希も良治もけろりとして冗談を言い、笑い合うのだ。昨日の諍《いさか》いなど影さえ残していなかった。

感情を手加減せずに相手にぶつける。相手からの感情を本気で受け止める。そういうことをこの二人はずっと繰り返してきたのだと、透哉が気が付いたのは、つい最近だ。

こんな関係もあるんだ。

不思議な気がした。

こんなにあっさりと自分をさらせるなんて、さらした相手を厄介にも苦痛にも思わず受け止められるなんて、不思議でしかなかった。

八頭森は不思議なところだ。

不思議なやつらがいる。

まっすぐな野球への想いがある。

透哉の立てるマウンドがある。

ここに来てよかった。

心底、そう感じていた。

ここに来て、出逢えてよかった。

もう一度、ボールを握りしめる。

野球のボールだけが持っている冷たさと温かさを味わう。

ここに来てよかった。

不意にシロが起き上がった。ドアの前まで走り、前足でひっかく。その音に呼応するように、祖母の声が響いた。

「透哉、ごはんやで」

ドアを開けるとすき焼きの匂いが鼻腔《びこう》に流れ込んでくる。

胃がきゅっと音をたてて縮まった。

シロが勢いよく、階段を駆け下りる。

透哉が居間に入ろうとしたとき、電話が鳴った。

リリリリ、リリリリ、リリリ
リリリリ、リリリリ、リリリ
「なんやの。まったく、この忙しい時間に」

祖母がぶつぶつ文句を言いながら、台所から出てくる。

「いいよ。おれが出るから」

受話器を掴む。

何となく予感がした。

これは、おれにかかってきた電話だ。そして、かけてきたのは……。

「はい、作楽です」

「あ……透哉か」

瑞希の声とほっと息を吐く音が伝わってきた。

「よかった。正直、作楽の婆さんが出たら、どうしようかってどきどきしてたんや」

「うん。けど……だいじょうぶだよ。ばあちゃん、山城くんや田上くんのこと、感謝してるから」

「感謝？　婆さんが、おれらに？」

「うん……」

美紗代にすれば、瑞希や良治は、引きこもりがちだった孫を外へと引っ張り出してくれた恩人となるらしい。以前のように権高な態度をとることも、露骨に見下すこともなくなった。

屋敷に二人が来れば下にも置かぬもてなしをする。その豹変《ひょうへん》ぶりがおかしいと、良治は腹を抱えて笑ったりした。

瑞希の方はそうはいかないらしい。

美紗代に対する苦手意識は根深く、作楽の家に遊びに来ても美紗代とはなるべく顔を合わせないよう気を配っていた。

その様子もおもしろいと、良治はまた遠慮なく笑ったりする。

「なんで、作楽の婆さんがおれらに感謝なんてするんや」

受話器から伝わってくる瑞希の声には、紛《まが》いでない戸惑いが含まれていた。

瑞希は何も気が付いていない。

自分が何をしたか、気が付いていないのだ。

透哉を再び野球と向き合わせてくれた。

マウンドに立つことを促してくれた。

ミットを構えてくれた。

攻めていくと、言い切ってくれた。

言葉を、野球を、マウンドを、そして、もしかしたら未来まで、手渡してくれたのだ。

美紗代は詳しいことは何も知らないはずなのに、独特の勘なのだろうか、山城の末息子が自分の孫を何かと支えてくれたと、確かに勘付いている。瑞希への対応は格段によくなり、「瑞希ちゃん」などと猫なで声で呼んだりする。呼ばれる度に、瑞希は身を縮める。狼に狙われた羊みたいに、怯《おび》えた目をする。

良治でなくても、笑うだろう。透哉でさえ、噴き出したことが何度かあったぐらいだ。

ともかく、瑞希は美紗代が苦手だ。美紗代に心底、感謝されているなんて夢にも思っていないのだろう。

その瑞希がわざわざ電話をかけてきた。

携帯、電源を入れといた方がいいかな。

ちらりと思う。

八頭森に来てから、携帯電話は机の引き出しに仕舞い込んだままだ。ほとんど使っていない。存在さえ、忘れていた。

瑞希のために、あれをもう一度、引っ張り出そうか。

「山城くん……もしかして、田上くんのことで……」

「あ、うん。そう。よう、わかったな」

「どうかした？」

「うん。さっき、山口から電話があって……」

瑞希が僅《わず》かに言い淀《よど》む。

良いことではない。楽しい話でも、愉快な話題でもない。

瑞希の躊躇《ためら》いが伝えてくる。

透哉は受話器を強く耳に押し当てた。

「これから、おかんに確認してみるけど……、おかんしゃべりのわりに口が固《かと》うて、往生する人や……」

〝往生する〟の意味がよくわからなかったけれど、聞き返さない。ささいなことは、どうでもいい。

田上くんに何があった？

気になる。

気になることへの回答が欲しい。

透哉の焦《じ》れを察したかのように、瑞希の口調が早くなった。

「あのな、良治のおふくろさん、入院したらしいんや」

「入院？　どこへ？」

「N市の病院。仕事中に倒れて救急車で運ばれたらしいで」

「いつ？」

「一昨日《おととい》らしい」

そこで瑞希はため息を吐いた。疲れた大人のようなため息だった。都市のマンションの一室で、母がよくこんな吐息を漏らしていた。

「あいつ、そんなこと一言も言わなくて……。くそっ、馬鹿野郎が。こんなときに意地張ってどうすんだよ。黙ってるから、余計にしんどくなるんやないか」

目の前に良治がいるかのように、瑞希の声が荒くなる。

「けど……たぶん……」

「うん？」

「おれでも、言わなかったと思う。山城くんでも、きっと、何も言わないよ。できるだけ普通の顔をして……普通に振る舞おうとすると思う……」

瑞希が黙る。微《かす》かな息の音だけが聞こえる。

言わないだろう、誰にも。

同じ状況になったとき、良治が黙していたように、透哉も瑞希も口をつぐみ、一人で現実を抱え込もうとするだろう。

なぜだと問われたら、返答できない。

晒《さら》せないのだとしか答えようがなかった。

晒せない。

自分の困難を、苦痛を、悩みを、哀しみを、焦燥《しょうそう》をそう簡単に他人に晒せない。良治と瑞希のように誰よりも理解し合った仲だとしても、無理だと思う。

十代のプライドは不器用で、危うげで、脆《もろ》いくせに揺るがない。憐《あわ》れまれたくない。同情されたくない。「可哀相」なんて言われたくない。親友だからこそ、幼馴染《おさななじ》みだからこそ、特別の相手だからこそ、対等でいたい。

弱みなんて、死んでも見せられるか。愚痴なんて聞かせられるか。

良治が胸の内で嚙《か》みしめただろう言葉が、聞こえるような気がして、透哉は思わず目を閉じていた。

「……そうか。そうやなあ。おれでも……同じか」

瑞希がまた、ため息を吐き出した。

似合わないよ、山城くん。

舌の先から、こぼれそうになった一言を辛うじて呑《の》みこむ。

山城瑞希に、ため息は似合わない。

悲壮な顔つきも、悲しげな眼つきも似合わない。

「透哉、がんがん攻めていこうぜ」

ミットを叩《たた》き、不敵に笑う。そういう顔が何より似合っている。俯《うつむ》くのではなく、頭《こうべ》を垂れるのではなく、顎《あご》を引き双眸《そうぼう》を煌《きら》めかせ、挑むために顔をあげる。そういう仕草が相応《ふさわ》しい。

伝えるべきだろうか。

今、思っていることを真っ直ぐに伝えるべきだろうか。

「透哉の言う通りや。おれも、きっと何にも言わんと、黙ってるな。けど……それって、しんどいよな」

苦しいだろう。辛《つら》いだろう。重いだろう。

誰かに話せば楽になる。根本的な解決にならなくても、張り詰めていた気持ちの一端を緩めることができる。ガス抜きだ。爆発寸前の心から少しだけでも、ガスを抜く。どこかぼんやりとしていたくせに、いつもよりずっと攻撃的だった良治の様子を思い浮かべる。

田上くん……。

全部を晒すことはできない。でも、全部を抱え込んではだめだ。

現実は希望に満ちているわけでも、優しく煌めいているわけでもない。残酷で、意地悪で、荒々しい。

一人で抱え込むには巨大すぎる。重すぎる。

「な、おれたちと一緒に野球、やろうや」

瑞希が、良治が声をかけ、手を摑《つか》み引っ張ってくれた。

再びボールを握り、マウンドに立ったとき、

一人で抱えなくたって、背負わなくたっていいんだ。

安堵《あんど》とも解放とも呼べる感覚に全身が満たされた。

マウンドに立つのは一人。

投げるのも一人。

けれど、一八・四四メートルの向こうには、受け止めてくれるミットがある。背後には七人の守護がいる。

それが野球というスポーツだ。

徹底的な孤独と確かな仲間たちの存在を孕《はら》んだスポーツ。人と同じだ。

一人で生まれ一人で死んでいく。そのどうしようもない孤独と、誰かと共に生きていける可能性を併せ持つ人間。野球と人はよく似ている。双子のようだ。

だから、田上くん。全てを抱え込むなよ。

「どうしたらええかな。何にもせんほうがええのか、何かしたほうがええのか。ショージキ、おれ、ようわからん。何かできることがあるんかどうかも、わからんし。なんや、こう考えてみたら、わからんことだらけやな。ほんま、なーんも、わかってないな」

瑞希の口調に自嘲《じちょう》の響きが混ざる。

「山城くん」

「うん？」

「情報、集められる？」

「情報って？　あぁ……良治のおふくろさんの様子とかか」

「それもある。それに……田上くん、妹がいたよね」

「あぁ、一人おる。春香《はるか》って名前なんや。兄貴に似てんと素直で可愛いやつやで」

「何歳？」

「今年、小学校に入学したばっかや。だから、えっと六歳かな？」

「じゃあ、田上くんは妹の面倒とかみてんのかな」

「あぁ、どうやろ。親戚《しんせき》とか、いないはずやからな。けど、たぶん、うちのおかんたちが放っておくわけないと思うけど。うん、そうやな。田上の家が今、どうなってるか調べてみる」

「頼む」

頼まれた。けど、良治のやつ、今ごろどうしてるんかな」

「病院……かな。お母さんの付き添いとか……」

「あぁ、そうかもしれんな。けど、あいつ、付き添いなんかできるんかなぁ。晩飯とか、どうしてるか気になるし」

「うん……」

気にはなる。

でも、どうすればいいかの手立てが浮かばない。

こういうとき、自分がまだ子どもであると思い知る。現実に対し、何ほどの力も持たない。同じことを瑞希も考えたのか、ただ言葉に詰まっただけなのか、言葉が途切れた。重いと感じるような沈黙が流れる。

「突然に悪かったな。また、電話する」

「あ、うん」

「じゃあ、バイ」

「バイ」

電話が切れた。ツーンツーンと機械音がこだまする。

「透哉？　どうしたね？」

美紗代が後ろに立っていた。

「何か、あったんか」

「いや、別に……」

「ほんとか？　なんぞ困ったことがあったら、すぐ、ばあちゃんに言うのやで。我慢すること、ないからな」

皺《しわ》に埋まった小さな目が何度も瞬く。

「自分勝手な人なのよ。家柄とか血筋とか、そんなことしか言わなくてね。あの人ったら、そんなものが何より大事だと未《いま》だに思っているの。笑っちゃうでしょ。子どもより、夫より、家柄血筋が大切だなんて、いつの時代の話かしらね」

母の貴美《きみ》はいつも、美紗代のことをそんな風に言っていた。実の母を『あの人』呼ばわりするたびに、口元を歪《ゆが》め、眉間《みけん》に皺を寄せた。嫌でたまらないという顔つきだった。

ちがうと、透哉は思う。

祖母は確かに家柄にも血筋にも、滑稽《こっけい》なほど拘《こだわ》っている。けれど、人を愛さないわけじゃない。むしろ、とても情の深い人間なのだ。

深く深く、とても深く、周りの者を愛してしまう。そして、愛がときには鋭利な刃物になって人を傷付けることを、ときには重石《おもし》となって人を縛りつけてしまうことを知らないのだ。母は、その愛から逃げたかったのだ、きっと。

十四歳の透哉が理解していることを、何倍もの時を生きてきた美紗代は思い至らない。

「ばあちゃん」

「なんね」

「前にも言っただろう。おれ、だいじょうぶだから」

祖母がまた、瞬きを繰り返す。

現実に対して、なす術《すべ》もないほど子どもではあるけれど、一人で立てないほど弱くもない。そして、この身体がくずおれそうになったとき、縋《すが》るのは祖母ではないのだ。

でも……。

「でも、ばあちゃん、ありがとう」

「え？」

「本気で心配してくれて……感謝」

素直に思いが言葉に宿った。いつものような荒々しい苛立《いらだ》ちがおこらない。祖母の愛は重いけれど、鬱陶《うっとう》しいとは感じなかった。

瑞希と話をしたからだろうか。

良治のことを考えたからだろうか。

「まぁ、透哉……」

美紗代が言葉を詰まらせた。目の縁がうっすらと赤くなる。

「あんた、ばあちゃんを労《いたわ》ってくれるんやね」

「いや……そんなんじゃないけど」

「労ってくれてるんよ。そうか、あんたは、もう、ばあちゃんを労れるぐらい大きゅうになったんやねえ。ばあちゃん、そんなこと思うてもおらなんだよ」

美紗代は大きく息を吐き出した。せつなげにも満足そうにも聞こえる吐息だった。

「ばあちゃん……何か、焦げくさいけど……」

「へ？　あっ、たいへんや。鍋《なべ》を火にかけたままやった」

美紗代が台所へと駆け込む。

「あーっ、焦げてしもうた」

ほとんど悲鳴のような声が聞こえてくる。足元でシロが何事ですかというふうに低く鳴いた。

田上くん。

窓の外に目をやり、透哉はまた田上良治へと心を馳《は》せる。

明日《あした》、会えるかな。

学校に来るだろうか。練習に参加するだろうか。

ざわざわざわわ。

ざわざわざわわ。

風が強まったのか、庭の木々が音をたてる。屋敷の外にある竹林の葉音も混ざっていた。

ざわざわざわわ。

ざわざわざわわ。

胸が騒いだ。

落ち着かない。ざわめく。

心臓の鼓動と風の音が重なり、耳の奥底で鈍く響いて止まらない。

ざわざわざわわ。

ざわざわざわわ。

この不安は、この胸騒ぎは何だろう。

田上くん。

透哉は胸の上でシャツを摑《つか》み、ガラス窓の向こうに広がる闇と闇に蠢《うごめ》く木々の枝を見詰めていた。

三章　風の向こうに

受話器を置く。

瑞希は唇を軽く舐《な》めた。いつの間にか嚙《か》み締めていたのだろう、微《かす》かな血の味が舌に残る。

「瑞希、ご飯やで。ちゃんと手を洗っておいで」

和江が呼んでいる。

無神経で、野放図な物言いだと感じた。

腹が立つ。

わざと足音荒く台所に入って行く。和江は、漬け物を皿に盛りながら、小さく歌を口ずさんでいた。

「おかん！」

「うわっ、なんやの。びっくりするやないの、そんな大声出して。それでなくとも、うちは心臓が弱いんやから驚かさんといて」

「誰の心臓が弱いて？　鉄で出来てるくせに」

「瑞希、親に向かって、そこまで言うか。いくら優しい母親でも、本気で怒るで」

「こっちこそ、マジ切れしそうや」

和江は菜箸《さいばし》を置くと、真正面から瑞希の顔を見詰めた。

「瑞希」

「なんや」

「あんた、怒ってんの？」

「見たらわかるやろ。おれが喜んでいるように見えるかよ」

「喜んでても怒ってても、あんまり違いがわからん顔やからな」

「……おかん、ええかげんにしとけよ」

和江がひょいと肩を竦《すく》めた。

「あんた、何をそんなにムカついてんの」

「おかんが黙ってたからや」

「え？」

「良治のおふくろさんのこと、何で教えてくれんかったんや」

和江の口元から笑みが消える。たっぷり肉のついた丸い顔が引き締まる。

「良治のおふくろさんが入院したの、知ってたんやろ」

「知ってたで」

あっさりと肯《うべな》われた。

「史子《ふみこ》さんとは長い付き合いやもの。知らんわけないやろ」

和江の口調はいつもの通りあっけらかんとしていて、屈託も翳《かげ》りもなかった。知っていて当然だという調子すらあった。それが、痛い。何も知らなかった自分の、知らないまま良治に腹を立てていた自分の迂闊《うかつ》さを詰《なじ》られたようにも感じる。

そんなふうに感じる自分が、ちっぽけで狭量だとさらに感じ、瑞希はいたたまれない気分になる。

小さく唸《うな》っていた。我ながら陰気な声だった。

「なんやの、辛気臭い」

和江が思いっきり眉《まゆ》を顰《ひそ》める。

陰気、愚痴、ため息。

和江曰《いわ》く「人の世のワースト3やで。ほんま、あれほど嫌なもんはないわ」であるらしい。もっとも、言い訳やごまかしや傲岸《ごうがん》な態度も、大の上に大を重ねるほど嫌いだと、しょっちゅう口にしているけれど。

「何で、教えてくれんかったんや……」

瑞希はまた零《こぼ》れそうになる唸りを、何とか呑《の》み込んだ。

「良ちゃんに頼まれたんや。瑞希には言うてくれるなって」

「良治が……」

和江は、漬け物を山盛りにした皿をテーブルの上に置き、エプロンで手を拭《ふ》いた。テーブルの上には鶏肉のから揚げと胡瓜《きゅうり》の酢の物が、やはり、たっぷりと盛ってあった。

「座りぃ。お父さん、寄り合いで遅うなるで。夕ご飯、先にすませといてや。あっ、ご飯は自分でよそいや」

「おかん、良治のおふくろさんの病気は何や」

「座りぃて言うてるやろ」

和江の眉間《みけん》にはまだ皺《しわ》が残っている。

珍しく機嫌が悪い。

茶碗《ちゃわん》に炊きたてのご飯をよそい、瑞希は椅子に腰を下ろした。から揚げの匂いが漂う。胃の辺りが絞られる。

瑞希は自分が、かなり空腹だったことを思い出した。何もしなくても、四六時中、腹は減っている。しかし、野球の練習の後は特別だ。底なしの空腹を感じる。食べても食べても満腹にはならず、幾らでも食べられた。空腹というより飢えに近いと思う。グラウンドにいるときはさほど意識しなかった飢えが、練習を終えた途端襲いかかってくる。

「腹減ったぁ」と「何か食い物、ないんか」は、瑞希たちの口癖になっていた。透哉でさえ、「石ころでも美味《うま》そうに見えるよな」と本気とも冗談ともつかぬ口調で言い、足元の小石を拾い上げたりする。

野球というのは、飢えと渇きと充足感と陶酔を同等に呼びよせるスポーツなのだ。しみじみと思う。

「お腹空《す》きまくってんやろ。ともかく、おあがり」

「良治は、晩飯、どうしてるんや。まさか、病院で食うわけにはいかんやろ」

「今日の晩ご飯は、舞子さんの当番やね」

「当番？」

「そう。まっ、あんたら風に言うなら、先発投手のローテーションで今日が山口投手の登板なわけ」

そこで、和江はもう一度肩を竦め、にやっと笑った。さっきの機嫌の悪さは、すでに払拭《ふっしょく》されている。

「当たり番の当番に野球の登板をかけてるんやで。なかなかのセンスやろ。そこんとこ、ちゃんとわかってや」

「おかん」

箸《はし》を置き、身を乗り出す。

息子の動きを封じるように、和江は手をあげた。手のひらを瑞希に向ける。肉厚のたくましい手のひらだ。

「ちゃんと話をしたるから、一々、どたばたせんといて。息子がどたばたして可愛いのは、ええとこ十歳まで。あんたみたいになってしもうたら、鬱陶《うっとう》しいだけやわ」

「鬱陶しくて悪かったな。いつまでも、十歳のままでおられるかい」

「そうや。いつまでも十歳でおってもらったら、親の方も困る。大きゅうなったもんやわ。あんたも良ちゃんもな。特に、良ちゃんは、父親がおらんぶん大人にならんとしゃあないとこ、あるんやろな」

和江の口調がほんの少しだが、湿ってくる。

「史子さん、いっつも言うてた。『良治につい頼ってしもうて、負担かけてるのわかってるのにな。あの子もしんどいんやないかしら』ってな。まぁ、史子さんは、ちょっと物事をくどくど考え過ぎなとこ、あるからなあ。うちみたいに、すぱっと割り切れへんのよな。まあ、性分やと言うてしまえばそれまでやけど」

「おかんは、割り切り過ぎやけどな」

「うん？　何をぶつぶつ言うてるの」

「あ、いや、別に」

慌ててかぶりを振る。

誰がどんな性分をしていても、かまわない。

今、気になっているのは良治のことだけだ。

「あんたも良ちゃんも、もう十歳の子どもやないでな。良ちゃんがあんたに、母親が病気になったこと言いとうない気持ち、わかるやろ」

それは、さっき透哉とも話した。

おれでも、言わなかったと思う。

透哉の一言に、瑞希は受話器を握り締め、そうかもしれない、いや、確かにそうだと首肯したばかりだ。

本人にさえ掴《つか》みきれなくて、もてあます心の有りようを、和江はちゃんと心得ていたらしい。

やはり、母親なんてものは油断がならない。

「じゃあ、知らないまんまで、ええんかよ」

拗《す》ねたような口吻《こうふん》になった。

たまらなく、恥ずかしい。

瑞希は揚げたてのから揚げに箸を突き立てると、そのまま口に放り込んだ。舌が焼けるように熱くなる。吐き出したかったけれど、無理やり嚙《か》み千切った。

「まぁ、なんちゅう行儀の悪い」

　和江がまた、眉を顰める。

「突き箸なんて、お祖母《ばあ》ちゃんが見たら仰天するよ」

「祖母ちゃん、関係ないだろ」

「ものすごうあるわ。箸の持ち方をちゃんと教えてくれたのお祖母ちゃんやないの。年寄りの恩を無駄にして、ほんま、情けない。後で仏壇の前で謝っときよ」

「うるせえなぁ」

　わざと舌打ちする。軽く火傷《やけど》をしたのか、先がぴりぴりと痛んだ。一息に、グラスの水を飲み干す。

「知らんままでええと思うよ」

　瑞希がグラスを置くのを待っていたかのように、和江が呟《つぶや》いた。

「え？」

「あんたは、知らんままでええと思う。良ちゃんから何か言うてくるまで、知らんぷりしとき」

「けど……」

「ほんまに助けが欲しかったら、良ちゃんは一番にあんたに言うてくるやろ。何も言わんてことは、まだ、ぎりぎりだいじょうぶってことやないの？　あんたが、やらんとあかんことは、やいのやいのと騒ぐことじゃのうて、良ちゃんが何か言うてきたときに、ちゃんと動けるように心づもりをしとくことやで」

から揚げが喉《のど》に詰まった。

まさに正論だ。

文句も意見も差しはさむ余地がなかった。しかし……。

「心配せんかてええって」

息子の沈黙と表情をどうとったのか、和江はいつもの陽気な笑みを満面に浮かべた。

「史子さん、職場で倒れて救急車で運ばれたんやけど、特に難しい病気やないみたいやで。過労から内臓の機能が一時的に低下したのが原因やろって診断されたみたいやから」

「そうか……」

過労による内臓の一時的な機能低下。それが心配しなくていいものなのかどうか、「ああ、よかったな」と言えるものなのかどうか、瑞希には判断がつかない。ただ、〝一時的〟という語には、ほんの少し、安心できる響きを感じた。

「けど、検査とかちゃんとせなあかんし、機能の回復のためには一週間程度の安静が必要ってことで、入院しとるわけよ」

「そうか……」

「春香ちゃんは吉池《よしいけ》の杜哉《もりや》さんとこが預かってくれてる。知っとるやろ、散髪屋の吉池さん」

「あぁ、『BARBER・Yos・i』な」

八頭森に二軒ある理髪店の一つだった。去年、店名を『吉池理髪店』から『BARBER・Yos・i』に変えた。吉池さんは、八頭森には珍しい二十代の夫婦だ。今の店主の杜哉さんが、二年前、奥さんと子どもを連れて八頭森に帰り、『吉池理髪店』を継いだときは、ちょっとした騒ぎになった。

公民館で有志による歓迎会が二晩続きで行われた。店の名を変えることを渋っていた吉池のおじさんを町長が直《じか》に説得したといううわさもある。

去って行く者、出て行く者は多くても、戻ってくる者や入ってくる者は、ほとんどいない。だからこそ、みんな諸手《もろて》を挙げて吉池さん夫婦を迎え入れた。

「送別会より歓迎会の方が、やっぱり盛り上がるわ。カラオケ、六曲も歌《うと》うてしもうた」

歓迎会の夜、和江がいかにも満足そうにそう言ったのを覚えている。良治が新しくなった『BARBER・Yos・i』の看板を見上げながら、「BARBERって綴《つづ》り、AとEの違いに気を付けんといかんよなあ」と、呟いたのも覚えている。

「杜哉さんとこの、真世《まよ》ちゃん、春香ちゃんと同い年で仲良しなんやて。史子さんが退院するまで、預かってくれるそうや」

「そうか……」

「うちらが交代で見舞いにも行っとるし、良ちゃんの晩ご飯や朝ご飯もちゃんと届けてる。何も心配すること、ないんや」

「うん……」

和江がグラスに水を注いでくれた。

八頭森の水は、美味だ。口触りが柔らかく、仄《ほの》かな芳香がする。名水百選に入ったらしいけれど、十選でも余裕でエントリーされるのではないかと、思う。

まだ微《かす》かに疼《うず》く舌の上で水を転がす。

たいしたもんだな。

つくづく感じていた。

仲間内だけのごく限られた範囲でしかないのだろうが、それでも見事に相互扶助の仕組みができあがっている。そういえば、父が長年勤めていた製材所が倒産したときも、母は一時、落ち込みはしたものの、すぐに立ち直って、いつも通りに陽気な笑い声を響かせていた。本人の磊落《らいらく》な性質に因るばかりでなく、力を貸してくれる仲間たちの存在が大きな支えとなっていたのは確かだ。

母たちは自分の手で安全網を張り巡らせているわけだ。むろん、ささやかな網に過ぎない。和江も、史子も、舞子も、吉池さん夫婦も、暮らしに余裕なんてない。一日一日を何とか生きている。大げさでなく、そんな生活だ。それでもと言うか、だからこそと続けるか、母たちは自分の細い糸を縒《よ》り合わせ、繋《つな》ぎ合わせて、小さな網を編み上げる。何とか自分たちのささやかな日々を守ろうとする。

誰も頼りにならないのなら、逞《たくま》しくなるしかない。潰《つぶ》れるわけにも、滅びるわけにもいかないのだ。

中央の為政者の視界には、片隅にも入っていないだろう山間《やまあい》の町、そこに生きる女たちは、しぶとく、したたかに生き抜いている。

たいしたもんだな。

少し冷めたから揚げを、今度はきちんと箸《はし》で挟み口に運ぶ。和江は音を立てて、漬け物を嚙み砕いた。

「史子さんや舞子さんとも話をしたんやけどな。あんたら、たいしたもんやと感心するで」

「は？」

「全国大会やもんなあ。八頭森から全国やもの。ものすごいこっちゃわ。スーパーで、祝全国大会出場セールをやってんの知ってる？」

「知っとる。全商品、二割引きやろ」

「そう。選手の家族は特別、三割引きになるんやで。あんたのおかげで、だいぶ得したわ。あ、それと、役場に垂れ幕がかかっとるのも知ってるか？」

「知ってるに決まってる。『八頭森東中学校　全国大会出場　万歳』ってやつやろ。あれ、超恥ずかしいから、止めてもらいたいって、チームのみんな言うてる。山口なんか、通学路やから毎朝、役場の前を通らんとあかんのに、俯《うつむ》いて走り抜けるって言うてたな」

「はは、確かに、万歳はないな。けどまぁ、みんな、万歳って叫びたいぐらい喜んどるってことや。あんたたちが、八頭森の大人の励みになっとる。それはやっぱり、たいしたことやで」

「おかん」

「なんやの」

「音を立てて漬け物を食うな。ばりばりうるさい。祖母ちゃんが生きとったら、行儀が悪いって怒るぞ」

「ええやないの。漬け物なんてのは好きなように食べたらええんよ。お祖母ちゃんだって、そう言うわ。あぁ、この沢庵《たくあん》、舞子さんに貰《もろ》うたんやけど、じょうずにできてるわ。美味《おい》しい」

「まったく。どうしようもねえな」

苦笑してしまう。

母と話をしていると、この世には乗り越えられない困難など何一つ無いような気に、させられてしまう。

本当はそんなに甘いものじゃないのだろうと、十四歳の瑞希は、薄々と勘付いていた。

おれが感じるのだ。良治ならもっと、強く、鋭く感じ取っているだろう。

この世には、どうやっても乗り越えられない困難が満ちているのではないかと。感じれば、不可視の壁に幾重にも取り囲まれているような感覚に陥り、時として、息苦しささえ覚えてしまう。

母は、良治が助けを求めるまで待てと言う。そのための準備を怠らねばいいのだと言う。

確かに正論ではあるけれど、納得するしかないけれど、瑞希の胸の内には、払拭《ふっしょく》されない不安がどしりと居座っていた。

良治は、助けを求めるタイミングを逸しはしないだろうか。プライドと現実の狭間《はざま》で、距離を計り損ね、転倒することはないだろうか。ここまで耐えて、ここで声を上げ、手を差し出す。「瑞希、助けてくれ」と乞《こ》う。その機会を過《あやま》たずにいられるだろうか。

奥歯を嚙《か》み締める。
から揚げの味の唾《つば》を飲み下す。
窓ガラスが鳴った。
風が強くなったのだ。
現実の風にあおられるように、不安が胸の内でからからと回る。
瑞希は奥歯を嚙み締めたまま、風の音を聞いていた。

電話が鳴った。
瑞希は風呂《ふろ》からあがり、グラスになみなみと注いだ水を一気に飲み干した直後だった。居間では父の辰彦が酔って、いつものように歌を口ずさんでいた。いつものように調子はずれの歌だ。

人生というものは　辛《つら》いことだらけ
涙の泉も枯れ果ててしまう
だけど　神さまはときに　贈り物をくれるの
小さな薔薇《ばら》のような贈り物をくれるの
だから　わたしはあなたに巡り合えたのね

ラララララ　ラララララ

聞きながら、瑞希は苦笑していた。

長年勤めた製材所が倒産した直後、辰彦はそうとう気落ちしていた。酒どころか、食事の量ががくっと減り、肩を落とし、やたらため息を吐き、〝しょぼくれた〟を絵に描いたような有様だったのだ。

そのときと比べ、今の状況が好転したわけでは決して、ない。それでも、辰彦はもうしょぼくれてはいなかった。

小さなグラス一杯のビールで酔い、お気に入りの古いシャンソンを口ずさむ。何より、瑞希の全国大会出場を心底、喜んだ。

「よしっ、息子に負けちゃおられんで。おれも、がんばらんとな」

と、これも絵に描いたような分かり易い立ち直りを見せたのだ。

「うちの旦那《だんな》は、単純なのが欠点で長所やからね」

和江が肩を窄《すぼ》め、くすくすと笑う。

安堵《あんど》しているのが、口調からも眼差《まなざ》しからも見てとれた。和江も、けっこう分かり易い人間なのだ。

瑞希もほっと息を吐き出した。

よしっと顔を上げた人間は、潰されない。

何の根拠もないけれど、そう信じている。

俯くのはいい、項垂《うなだ》れしゃがみこむことだって、何度もあるだろう。けれど、俯いたままでは項垂れしゃがみこんだままでは、やられる。顔を上げることを、「よしっ」と自分を励ますことを諦《あきら》めてしまったら敵の思うつぼだと感じるのだ。

敵って誰だ？

そう問われたら、口ごもってしまう。

しかし、敵はいるのだ。瑞希たちを俯かせ、項垂れさせ、諦めることを望む敵がどこかにいるのだ。

負けたくないと思う。

辰彦が負けたままでなくて、よかったと思う。

自分の野球が父を僅《わず》かでも支えているのなら、誇らしいと思う。

小さな薔薇のような贈り物をくれるの
だから　わたしはあなたに巡り合えたのね
ラララララ　ラララララ

微妙に音のずれた父の歌をBGMにして、グラスいっぱいの八頭森の水を飲む。身体の隅々まで潤っていくようだ。

美味《うま》い。

手の甲で口元を拭《ふ》いたとき、電話が鳴った。

リリリリ、リリリリ

リリリリ、リリリリ

耳に慣れきった呼び出し音に、瑞希はなぜか慌て、もう少しでグラスを落としそうになった。

リリリリ、リリリリ

リリリリ、リリリリ

反射的に時計に目をやる。

午後九時を少し過ぎている。電話が鳴ってもおかしい時間ではない。都会に出ている二人の兄からは、もっと遅い時間、午後十一時近くにかかってくることもある。

リリリリ、リリリリ

リリリッ

「はい、もしもし、山城ですが」

和江が受話器を耳に当てる。いつもより、少し行儀のよい口吻《こうふん》だった。これが知り合いの誰それなら、「あーっ、○○さんか。どうしたんよ。え？　お風呂？　まだまだ、これからこれから。うちが入ると湯船のお湯が無くなるって、亭主と息子が先に入るんよね。失礼やろ、まったく」と、とたん砕けたものになるのだ。

でも、和江の声も姿勢も柔らかくならなかった。むしろ、緊張し硬直したようだ。

「はっ？　何て？　警察？」

辰彦の歌が止む。

瑞希もタオルを首にかけたまま、電話のある居間を覗《のぞ》き込んだ。

「警察って、どういう……え？　タガミ？　タガミって？」

「良治んとこやないか」

和江の後ろから声をかける。

振り向き、和江が口の形だけで「あぁ」とささやいた。

「……はい、田上さんは知り合いですが……ええ、良ちゃん……良治くんのことも、よう知っとります。家族みたいなもんですから。あの、良ちゃんが何か……は？　補導？　補導って何ですか。警察に捕まったってことですか、逮捕とか……え？　逮捕とは違う？　はぁ……ええっ、ケンカ？　良ちゃんがケンカした？　誰とです。それで、怪我とかしてるんですか？　どんな様子なんです？　は……してる？　怪我をしてるんですか？　まぁ、そんな、それでちゃんと、手当てはしてくれたんでしょうね。

まさか、そのままじゃないでしょうね。え？　落ち付け？　え？　息を吸ってってって……」

和江は受話器を握ったまま二度、深呼吸を繰り返した。

「はい、しましたけど……ええ、まぁちょっとは落ち着きました。はぁ……はぁ……はぁ……そうですか。わかりました、ともかく迎えに行きます。はい……これから、すぐに行きますから。三十分ほどでそっちに着きます。はい、よろしくお願いします」

電話機に向かって頭を下げると、和江はそっと受話器を置いた。

「おかん、良治に何かあったんか」

胸が騒ぐ。

ざわめきが止まらない。

さっき水を飲んだばかりなのに、口の中はからからに乾いている。

「N市の路上でケンカして、警察に補導されたらしいわ」

和江が妙に抑揚のない口調でそう言った。

「ケンカ？　補導？　良治がか？」

「そういう電話やった」

「そんな、馬鹿なことあるかい。悪戯《いたずら》やないのか」

良治は暴力が嫌いだった。弱いという意味ではない。力で相手を叩《たた》きのめし、それを男らしさとか強さとかに置き換えて喜ぶ輩《やから》を軽蔑《けいべつ》しているのだ。いつだったか、瑞希の読んでいる格闘もののマンガをちらりと横目で眺め、

「相手を殴り倒してかっこええなんて、アホの極致やなあ」

と、いかにも嫌だという風に眉《まゆ》を顰《ひそ》めたことがある。

その良治がケンカ？　あり得ない。

和江は瑞希の目を見ながら、かぶりを振った。

「悪戯には思えんかったで。少年課の井本《いもと》さんって名前までちゃんと、名乗られたんやもの。嘘やないやろ。井戸の井に、本屋の本で井本さんやと」

他人の名前なんてどうでもいい。瑞希は、音をたててグラスをテーブルの上に置く。

「それで、その井本さんは何て……」

「迎えに来て欲しいって。良ちゃんが引き取り人にうちんとこの名前を出したんやと」

「すぐに行かなあかんぞ」

辰彦が立ち上がる。立ち上がったとたん、二、三歩よろめいた。

「あんたは、あかんで。ビール、飲んでる。飲酒運転で警察に乗りつけるわけにはいかんやろ」

和江はエプロンを外し、食器棚の引き出しから車のキーを取り出した。

「うちが行ってくるわ」

「おれも行く」

とっさに叫んでいた。

「おれも行く。連れて行ってくれ」

和江は黒いキーホルダーを握ったまま、息子をちらりと見やった。それから、一つ息を吐き出した。

「そうやな。けど、警察で大声を出したりせんといてや。良ちゃんが何を言うても、どんな様子でも、黙っときぃよ」

「良治の様子、そんなにひどいんか？」

「わからん。けど、迎えに来てくれって言わはるぐらいやったら、大怪我して動けんってわけでもないやろな」

和江の口調は冷静だ。その口調に、落ち着け。あんたがおたおたしてどうすんの。

と、叱咤《しった》された気がした。

瑞希はもう一度、グラスを摑《つか》むと、水道の水を注ぎ込んだ。一息に飲む。冷たい流れが一筋、身体を貫いた。

「着がえてくる」

手の甲で口の端を拭《ぬぐ》うと、階段を駆け上がった。和江の声が追いかけてくる。

「三分以内やで」

「一分で十分」

その言葉どおり、パジャマ代わりのTシャツの上にウィンドブレーカーをはおって、ジーンズを穿《は》き終わるまでに一分もかからなかった。今度は、階段を駆け下りる。

和江はすでに軽自動車に乗り込み、エンジンをかけていた。助手席に、飛び込む。

ドアに思い切り額を打ち付けた。

目の奥で火花が散る。

「慌てるんやない。今からそんなことで、どうすんの。落ち着きや」

車が発進する。

闇をライトの光が切り裂いた。

「……わかっとるわい。慌てたわけやない。ちょっと、目測を誤っただけやないか」

じんじんと痛む額を押さえ、精一杯の強がりを口にした。

「目測を誤るっちゅうのが、慌ててる証拠やないの」

図星だ。言い返せない。いつもなら、母の遠慮ない物言いが腹立たしくてならないのに、今は、そんな気さえ起こらない。目を閉じると、暗い部屋にポツンと一人、座っている良治の姿が浮かぶ。目を閉じ、うなだれて、いかにも寂しげだ。

「良治……ほんまに、ケンカなんかしたんやろか」

「さっきのが悪戯電話でないのなら、そうやろな。警察が、わざわざ嘘の電話はかけてこんやろ」

「けど、何で……」

「ほんまやな。あんたなら、カッとなって手が出たなんてのも、わかるけどな。あの良ちゃんが他人《ひと》さまと殴り合いするなんて、どうにも納得できんよねえ」

「なんや、その言い方。おれだって、ケンカなんか簡単にはせんわい。まして……」

まして、今は全国大会の前なんだ。

口をつぐむ。

そう言おうとしたのだ。背筋が、すっと冷えていく。

まさか、これが事件だと騒がれて大会出場が取り消しになるなんてはめに……。

瑞希は大きくかぶりを振った。良治のことを案じていたはずの心が、他へぶれている。今は大会云々《うんぬん》より、良治本人のことに心を配るときだ。和江の言う通り、あの良治が暴力沙汰《ざた》にかかわっているなんて、あり得ない。余程のことがない限り、あり得ないのだ。

余程のことが……あったのだろうか。

「落ち着かんとあかんけど、あんたが落ち込んでたら困るで」

瑞希の沈黙をどうとったのか、和江が眉間《みけん》に皺《しわ》を寄せた。

「我が息子ながら、あんたってほんま、すぐへたれるんやから。ようそれで、キャッチャーなんて務まるねえ」

「野球は関係ねえだろうが」

今度は少し、母の饒舌《じょうぜつ》が腹立たしくなる。小さく舌打ちして、苛立《いらだ》ちを呑《の》み込む。ほとんど同時に、透哉の姿が浮かんだ。キャッチャーという一言に喚起されて、マウンドに立つピッチャーが眼間《まなかい》に見えたのだ。

透哉に知らせなくてよかっただろうか。

ちらりと思う。

瑞希が、良治の母親の入院を知ったのは、山口利洋からの電話でだった。母親の舞子がついぽろりと、漏らしたのだそうだ。「良治くんも大変よなあ。お母さんが、あんなことになって」と。山口は舞子を問いただした。そして、すぐに瑞希に連絡をしてきた。

「おまえと作楽と良治って、三角形みたいやろ」

と、受話器の向こうで山口は言った。

「あっ別に、三角関係って意味やないぞ。なんちゅーか、こう三人いてきれいな三角形になってるなって、おれが勝手に思うてるだけやからな。だから、うーん、つまり……ようわからんけど、三角形って角が一つ欠けたら三角にならんからな。ともかく、おまえに知らせとこかなって思っただけや。良治にしたら、大きなお世話ってことになるんかもしれんけど。でも、黙っとくのも何か違う気がして」

山口の言葉がもごもごと不鮮明になっていく。チームメイトのプライバシーに口をつっこんだ引け目を感じているのだろう。

お互いの個人的な領域に、そう簡単には踏み込まない。

それが、瑞希たち中学生の不文律だ。そのあたりが、母親たちの親密でお節介なネットワークとは異なっている。

チームメイトであろうと、級友であろうと、適度に距離をとりずかずかと相手の内に入って行かない。見て見ぬ振りをすることも、何も知らない振りをすることもしょっちゅうだ。それができなければ、中学生はやっていけない。

ただ、瑞希にとって、良治と透哉は別格だった。まったく意味は違うが、他の者とは別の存在なのだ。

透哉は奇跡だった。

ふいに目の前に現れた奇跡だ。あの一球の手応《てごた》えとともに、心を鷲摑《わしづか》みにされた。目眩《めくら》むような奇跡なのだ。

良治は日常そのものだった。物心ついたときから、当たり前のように傍らにあるもの、空気とか風とか空を行く雲とかと大差ない。傍にいて当然、欠落するなんて考えたこともなかった。

奇跡と日常と瑞希自身。

山口の言う三角形はその三点を繋《つな》いでできあがっている。

透哉も良治も、自分たちが三角形の一点であることを、何となくだが意識しているだろう。良治にとっての透哉が、透哉にとっての良治がどんな存在なのか、瑞希にはわからない。でも、三角形だ。三人揃っていてこそ、成り立つ。

だとしたら、やはり、透哉に知らせた方が……。

頼む。

透哉の短い一言がよみがえってくる。

瑞希は眼を閉じ、座席の背にもたれかかった。

いや、黙っていよう。

そう決めた。

透哉と瑞希が二人で駆けつけたら、良治は露骨に嫌がるだろう。瑞希たち少年にとって、どんな親しい間柄であっても他者の心配が、心遣いが、ときに、罵声《ばせい》や悪態と同様のものになる。心に傷を負わすのだ。

憐《あわ》れまれたくない。

手を差し伸べられたくない。

助けてなど欲しくない。

青く幼稚な自負心だと嗤《わら》われたら、それまでだ。しかし、この自負心に瑞希たちは支えられている。そして、この自負心のために、素直にSOSが発信できない。

良治は今、疲れ切っているのだろう。山城の家に救いを求めるほどに疲れている。自負心の疼《うず》きを上回るほどに疲れ果てている。

もう、あかんわ。ギリや。

良治のため息が、聞こえる。

良治、おまえ、アホやぞ。何でもうちょっと早《はよ》うに、もうちょっとだけ早うに、連絡してこんかったんや。

車が急に止まった。あまりに急だったから、身体が前につんのめった。シートベルトをしていなかったら、額をフロントガラスにぶつけていたかもしれない。

「あ、ごめん」

和江の肩が上下に動いた。

「鹿が飛び出して、ぶつかりそうになったで。あー、怖かった」

「おかん、頼むから、安全運転してくれ。良治を迎えに行く前に、病院に運ばれるなんてごめんやぞ」

「しゃあないが。急に飛び出して来るんやもの。文句あるなら鹿に言うてや。ほんまにぶつからんで、よかったわ。車が壊れても、鹿を相手に賠償請求とかできんもんな」

車が動き出す。

和江の運転は、心做《こころな》しか慎重になったようだ。

警察署のあるN市までは車で約三十分かかる。八頭森を囲む山の一つを越えて行かなければならない。カーブの多い山道がこの先、しばらく続く。鹿が飛び出すような、狐や狸、ときに猪までが、我が物顔で闊歩《かっぽ》するような夜道だ。

瑞希は窓ガラスに映る自分の顔を見るともなく、見詰めていた。窓の向こうは漆黒の闇が広がる。ぽつん、ぽつんと立っている街路灯の明かりと車のライトだけが、人工の光だった。

底なしに黒い。闇しかない。ただ、暗い。

「ほんとうに、なーんにもないな」

我知らず呟《つぶや》いていた。

瑞希の二人の兄も含め、若者たちが八頭森を去っていく理由がわかる。ここには、何もないのだ。仕事も、歓楽も、煌々《こうこう》と闇をはらう明かりもない。もしかしたら、希望さえもないのかもしれない。
少し憂鬱《ゆううつ》になる。
心が重くなる。
ずくん。
手のひらが鼓動を打った。微《かす》かに熱くなる。
瑞希は膝《ひざ》の上に、両手のひらを広げてみた。
透哉の球の感触が鼓動になり、熱になり、手のひらで蠢《うごめ》いている。そんな気がした。
ずくん、ずくん。
ずくん、ずくん。
そっと指を握り込む。固く、強く、握り込む。
希望はある。少なくとも、おれは希望を摑《つか》んでいる。
あの球を受けられるという希望。
自分がキャッチャーであるという希望。
作楽透哉とバッテリーを組めるという希望。
全国大会という舞台で、野球ができるという希望。
多くの希望を手にしている。
伝えなければいけない。

不意に思った。

透哉に、良治に、この手のひらにある希望を伝えなければいけない。「おまえたちとやる野球が、おれの希望だ」と。

瑞希は身体を震わせた。

そんな気障《きざ》な科白《せりふ》、逆立ちしても言えるわけがない。口にした途端、良治は大声で笑うだろう。透哉は俯《うつむ》いてしまうだろう。そして、瑞希本人は耳朶《みみたぶ》まで赤く染めて、立ち竦《すく》んでしまうにちがいない。

でも、伝えなければならない。いつか、伝えなければ……。

車は山を下り、N市の市街に入ろうとしていた。ここまで来ると、さすがに、明るい。人通りもあるし、営業している飲食店やカラオケの店の光が連なっている。ただし、シャッターを閉めてひっそりと静まり返っている店もかなりあった。

人口十万ほどのN市は、この辺りの中核都市ではあったが、地方都市の御多分にもれず、不景気の波をもろにかぶり、年々、萎《しお》れていくようだ。それでも、映画館も大手のスーパーも総合病院もあって、八頭森に比べると大都会だ。

警察署は市のやや西の外れにある。

市内に入り、急にスピードを緩めた和江は、そのノロノロ運転のまま警察署の駐車場に入って行った。思いの外、たくさんの車が並んでいる。中には青いビニールシートをすっぽり被《かぶ》せられたものもあった。シートから覗《のぞ》いたタイヤがパンクしていた。あ、ほんとうに警察に来たんだ。

一瞬だが呼吸が、乱れた。

「事故車やろか」

和江が何故かささやき声になる。

「もしかしたら、何かの事件に巻き込まれたんかもしれんな。まさか、中に死体とか入ってないやろな」

「おかん、サスペンスドラマの見過ぎ」

「そうか？　何があるのかわからんのが現実ってもんやからね。あら、いややわ。うち、こんな普段着で来てしもうた。スカートぐらい穿《は》き替えてきたらよかったわ。イケメンのお巡《まわ》りさんがいてるかも、しれんのに」

和江の軽口を聞いていると、緊張が緩む。呼吸も元通りだ。

「ええな、黙ってるんやで。黙ってついておいで」

念を押し、和江が歩き出す。真っ直ぐに、玄関に向かっていく。ずんずんと足音が聞こえそうな歩き方だった。

『暴力団、撲滅月間』、『覚せい剤、取り締まり月間』、『交通安全強化月間』

玄関の横には、三枚の垂れ幕がぶら下がっていた。

玄関のガラスドアの前で一度、立ち止まり、和江は息を吸い、吐き出す。肉のついた背中がゆっくりと動いた。

警察の中に入ったのは、久しぶりだ。小学校の社会科見学で訪れて以来だった。節電のためなのか、入口付近の電灯は消してある。それでも、薄緑色の床や天井はそう暗さを感じさせなかった。あまり広くはないがエントランスホールがあり、窓際に観葉植物の鉢と応接セットが置かれている。壁には、飲酒運転の撲滅を訴えるポスターと全国指名手配者の顔写真が貼ってあった。

入ってすぐの受付と思《おぼ》しきカウンターに和江は歩み寄った。その奥には机が幾つも並んで、数人の男たちが座っていた。警察官の制服姿の者も私服の者もいる。

「あの、すみません。山城て言う者ですが。田上良治のことで」

和江が最後まで言わないうちに、一人の男が立ち上がった。

この季節だというのにワイシャツの上に茶色のチョッキを着こんでいる。痩《や》せて背もそう高くない。さえない会社員みたいだ。どう見ても警官というイメージではなかった。

「あー、山城さん。どうも、どうも、井本です」

「あっ井本さんですか。どうも、お電話をいただいて」

「いやいや、こちらこそ。どうもご足労かけましたな」

和江と井本は、お互い頭を下げ合いながら「どうも」を連発している。瑞希は少し離れて二人の様子を見ていた。

「うん？　こちらは」

井本の視線が瑞希に向けられる。

「あ、息子です。良ちゃん……田上くんとは兄弟みたいなもんです。どうしてもついてくるって言うて、すいません」

和江はまた、ぺこぺこと頭を下げる。井本はほんの少し目を細め、瑞希を凝視した。刹那《せつな》、視線が先鋭になる。

瑞希は我知らず顎《あご》を引いていた。

井本が瞬《まばた》きする。ただそれだけで、眼の中の光は柔らかなものに変わった。

「あ、もしかして山城瑞希くんか。八頭森東中の」

「あ、はい……」

「やっぱりな。いや、全国大会出場おめでとう」

手が差しだされる。

「あ……どうも」

慌てて瑞希も右手を出した。しっかりと握りしめられる。井本の手は驚くほど温かかった。

「いや、実は息子が野球をやっとるんでな。小学校三年生なんやが」

「はぁ……」

「八頭森東中みたいな小さい学校が全国に行くて、すげえすげえって興奮しっぱなしでな。いや、後でサインくれんかな」

「はぁ……あのぅ、それで……良治は」

「うん？」

「田上良治です。今、どこに……」

「あぁ、うん、田上くんね。実は困っとるんや」

井本は、鼻の頭を指でかいてから、ため息を一つついた。それから、瑞希と和江を応接セットのソファに座るように促した。一分でも早く良治に会いたかったけれど、瑞希は黙って腰を下ろした。井本の困惑した表情が気になる。胸内が騒ぐ。

座ってみて気がついたが、ソファは観葉植物の葉陰に隠れるように配置されていた。玄関のドア付近からは、瑞希と和江の姿ははっきりとは見えないのだ。

「困っとるって、どういう意味ですか」

座るやいなや、和江が身を乗り出す。

「いや、田上くん、全てに黙秘なんよな」

「黙秘？」

「黙って何にも言わんってことや」

ささやいた瑞希を和江は横目で睨《にら》んできた。

「それくらい、うちにもわかる。けど、何で良ちゃんが黙秘なんかしとるの。井本さん、良ちゃんは何か言えんようなことをしたんでしょうか。まさか、相手の人に怪我を……」

和江の顔から血の気が引いていく。瑞希も頰の辺りが冷たくなる。おそらく母と同じように、青白くなっているのだろう。今まで良治のことばかりを考えていたが、ケンカというからには相手がいるわけだ。その相手が大きな怪我を負っているとしたら、良治は傷害罪を犯したことになる……のだろうか。

「いやいや、まぁ、二人ともそんな深刻な顔、せんといてください。田上くんはわりと派手にやられとりますが、相手はかすり傷程度です。なんせ、三対一ですからなあ」

「三対一、まあ、ほんまですか」

「ええ、ほんまです。しかも三人ともごっつい大人の男ですわ」

「大人、まぁ、大の男が三人もよってたかって、中学生を殴ったってわけですか。そんなん、許されるんですか」

和江の声が高くなる。井本がまぁまぁと宥《なだ》めるように手を振った。

「そうは言っても、ケンカをしかけてきたんは田上くんの方からのようでしてなぁ。なんや、相手の男たちによれば、道ですれ違ったと思ったら、いきなり殴りかかってきたていうことやから」

良治が？　まさか？

「男たちには、まったく心当たりがないってことやで。それまで、田上くんには一度も会ったことがなかったそうや」

見知らぬ他人に殴りかかっていったというわけか？　まさか、信じられない。

瑞希は膝《ひざ》の上でこぶしを握った。井本が、そのこぶしにちらりと視線を走らせた。

「それで、良ちゃんは何て……」

青い顔のまま、和江が問う。

「だから、黙秘ですわ。なーんも言いません。名前だけは何とか言うたんですけど、他のことは……。顔見たことがあるような気がして、もしかしたら、八頭森東中の野球部やないんかって訊《き》いてみたんですが……こう黙ったきりで」

井本は、口をまっすぐ一文字に結んだ。

「何にも言いません。中学校に連絡するぞって脅して……あ、いや脅したりはせんかったです。忠告ですな。学校に連絡するって忠告してやっと、山城さんとこの名前と電話番号を聞き出したわけです。けど、それだけです。その他のことは、何にも言いません。ずっと、黙秘ですな。まぁ、わたしも少年課に長いことおりますけど、あんなに偏屈ちゅうか、頑固ちゅうか、田上くんみたいな子は会《お》うたことありませんなあ」

「……すみません」

和江が座ったまま、身体を縮める。瑞希は反対に身を乗り出した。

「あの、良治は留置場に入ってるんですか？」

「え？　まさか？」

井本が目の前で手を振った。

「田上くんは、あっちの応接室におるよ。さっき言うたように、ケンカをしかけたのは田上くんやけど、多勢に無勢や。怪我したのは田上くんだけやし、相手の三人も反省してる。田上くん、中学生やし、これまで補導歴や犯罪歴があるわけでもない。で、今回は身許《みもと》が確認できて、ちゃんとした引き取り人がいるんなら、まあ、大目にみようって思うてます」

井本はそこで、大きく息を吐いた。

「わたしが言うのもなんやけどね、八頭森東中の野球部となると、あんまり警察沙汰《ざた》にならん方がええでしょう。全国大会を前にして、一番、だいじなときやでねえ」

身体から力が抜けた。

良治が案外に簡単に帰宅できると知って、心底、安堵した。

安堵《あんど》する。

「ただし」

井本の声が低く、厳しく、張り詰める。

「二度目はないですからな。そこのところは、よう心してもらわんとだめだ。今度、こんなことをしたら、お迎えに来てください、つれて帰ってくださいって、それですますわけにはいかんですよ」

「よう、わかってます」

和江がさらに身を縮める。

井本は確かめるように、瑞希の目を覗《のぞ》き込んだ。


車が揺れた。

一度は大きく、二度三度と小刻みに揺れる。その度に、後部座席の良治は微《かす》かな呻《うめ》き声をあげた。

だいじょうぶか。

振り向いて声をかけようとしたが、思い止《とど》まる。かわりに、瑞希は和江の腕を軽く突いた。

「おかん、もう少し、慎重に運転せえや。もろ、振動やぞ」

「そんな文句は、穴ぼこの道路に言うて。予算がない、予算がないって、もう何年も穴だらけのままやないの。こんなとこ、揺れずに走れるのはお釈迦《しやか》さまぐらいやわ」

「お釈迦さまは、車の運転なんかせんけどな」

「まあな」

和江がくすくすと笑う。車がまたバウンドした。

「良治、だいじょうぶか」

今度は声をかけていた。

「ああ……別に」

ぼそりと、呟《つぶや》きに近い返事があった。良治は横を向き、身体を座席に深くもたせかけていた。

口の端は鬱血《うつけつ》して腫《は》れ、右目の下には赤紫の痣《あざ》ができている。左のまぶたも腫れて、目を半分塞《ふさ》ぎ……人相がまるで変わっていた。

ほんまにケンカしたんや。

観葉植物の葉陰に隠されたスペースに良治が連れて来られたとき、瑞希は一瞬、声がでなかった。和江も同じだったらしく「まぁ」と言ったきり、黙り込んでしまった。

「見た目は派手ですけど」

井本が、苦笑いを浮かべた。

「骨とかには異常ないはずです。歯も折れてないし、食事もカツドン、たいらげましたから、な」

「はぁ、やっぱり、警察ってカツドンを出すもんなんですねぇ」

和江のあまりに的外れな発言に、井本はさらに苦笑する。

「ともかく、今日はこのままお引き取りになってかまわんです。学校の方への連絡は、まぁちょっと……控えときましょう」

「ありがとうございます」

和江が頭を下げる。瑞希もそうした。良治はうつむいたまま、ほんの少し頭を前に倒した。

「良治くん」

井本の声が引き締まる。

「これに懲りて、二度とケンカなんかするんやないぞ。ケンカなんかしたら、周りにどんだけ迷惑かけるか、今度のことでようわかったやろ。ええな、胆《きも》に銘じときや」

「……はい」

良治は自分の脚先を見詰めながら、返事をした。口の中も腫れているのか、聞き取り難《にく》いほどくぐもった声だ。

「それと、傷が疼《うず》いてたまらんかったり、いつまでも痛かったり、気分が悪いようならすぐ病院に行きや。山城さん」

「は、はい」

「一日、二日はよう様子を見ておいてくださいよ。それと、さっき言うたようにこっちから学校へは連絡しません。対応はおまかせしてもええですね」

「あ、はい。あの、それって、良ちゃんがケンカしたこと黙っててもええってことですよね。転んで顔を打ったとか何とか、言うとけばええんですよね」

「いや、山城さん、そんな露骨な……」

井本は苦笑のまま、手を振った。それから視線を瑞希と良治に向ける。「がんばれな」。そう言った。もう笑っていなかった。

あの「がんばれな」は、誰に向けてのものだったんだろう。

悪路の振動に身をまかせながら、瑞希は考える。

大人と諍《いさか》い、散々な目にあった良治を励ますためなのか、これから全国大会に臨もうとする野球部員への激励だったのか。どちらにしても、本気の「がんばれな」だった。おざなりな、適当な一言ではなかった。

瑞希はそっと夜気を吸い込んでみた。

そうなんだ。おれたち、がんばるしかないんだ。がんばって、がんばって、ただひたすら野球をやる。ただ一途《いちず》に野球を楽しむ。それしかないんだ。それって、ものすごく幸せなことじゃないか。

なぁ、良治。

「良治」

助手席から乗り出して、腫れた横顔を凝視する。

「危ないで、瑞希。今度はあんたが怪我するで」

和江が声を大きくした。

「おまえ、何でケンカなんかした」

真っ直ぐに言葉をぶつける。車のスピードが緩んだ。

「瑞希、そんなことは、帰ってからでええやないの。良ちゃんだって、疲れてるんやからね。ええかげんにしとき」

「答えろ」

座席の背を摑《つか》む。我知らず指に力が入った。

「何で、ケンカした。理由は何だよ」

良治からの返事はない。身じろぎさえしなかった。

「答えろ。ちゃんと話せ」

瑞希は奥歯を嚙《か》みしめる。

ぎりぎりと重い音がした。錆《さ》びた歯車が軋《きし》んでいるようだ。

良治が密《ひそ》やかに、長くため息を吐いた。

「……テレビに映ってたんや」

「テレビ？」

良治の顔がゆっくりと前を向く。半分塞がった目が、瑞希を真っ直ぐに見詰めてくる。瑞希はその目を、やはり真っ直ぐに見返した。

「テレビがどうしたって？」

「おれらが、映ってた。八頭森東中学校の快挙って。今年、前半の話題を振り返ってとか、そんな番組で……」

「あぁ」

うなずく。

地元のテレビ局の特集だろう。そういえば、鉦土監督が取材をうけ、「ざっと百回ぐらいはしゃべったはず」の全国大会出場への決意を改めてしゃべらされたと、言っていた。言外に、辟易《へきえき》している心境をそれとなく匂わせていたのを、覚えている。

「決勝戦で勝った瞬間の映像が流れて、みんな、すげえ興奮してた。すげえ嬉《うれ》しそうで……、透哉だけが困ったみたいな顔してて……」

「うん」

全国大会出場を決めたあの試合、誰より早くマウンドに駆け寄ったのは良治だった。良治に飛びつかれ、透哉は一瞬、面喰《めんく》らったように目を見張った。そして、よろめいた。瑞希も、山口も、多々良《たたら》も、誰もがマウンドに集まり、声を上げた。

幾回となく目にしたシーンだ。

和江が地方版のニュースで流れた映像を録画し、事ある毎に繰り返して見るものだから、目にも脳裡《のうり》にも、透哉の困惑顔や自分の興奮しきった様子が、しっかりと焼き付いてしまった。

「その後、監督のインタビューになって、それで……」

「それで？」

「終わりや」

瑞希は瞬《まばた》きし、良治の腫れた顔を見詰め続ける。

「瑞希」

良治がまた、長い吐息をもらした。

「おれ、全国に行かんかもしれん」

車が急停止した。身体をよじったまま良治に向かい合っていた瑞希の胸に、シートベルトがくいこむ。

「どうした。また鹿が出たんか」

「いや、びっくりして、ついブレーキ踏んでしもうた」

和江は耳に小指をつっこみ、回す。

「良ちゃんが、全国に行かんって言うたような気がしたもんでな」

「気じゃなくて、ほんまに言うたんやで、おばちゃん」

良治は小さな笑い声をあげた。

「相変わらず、おもしろいな。おばちゃんは」

それから、額が膝《ひざ》につくほど深く頭を下げた。

「ご面倒、かけました。わざわざ来てくれてありがとうございます」

「あんた、何を言うとんの。迎えにぐらいどこにでも行くがな。刑務所にだって、飛んで行ったげるわ」

「刑務所はええわ。塀の中に入るんは、さすがに嫌やからな」

良治が苦笑する。

「良治、全国に行かんかもって、どういうことや。どういう意味なんや」

良治は自分の膝に視線を落とし、口元を硬く結んだ。何かと必死に戦っているような面持ちだった。

「おかん、車、発進。こんなところで停まってたら、熊やら猪やらが出てくるかもしれん」

良治から無理やり、返事を聞き出す気はなかった。聞きたいと強く望みはしたけれど。

無理やり聞き出してはいけない。

瑞希は透哉から待つことを教わった。本気で相手の話を聞こうと思うなら、聞きたいと望むのなら、待たなければならないと。

車が動き出す。動き出したとたん、大きく跳ねた。八頭森へと続く山道は本当に悪路だ。あちこちに穴ぼこがあり、アスファルトがひび割れている。

その道を和江の運転する軽自動車は揺れながら、ときに、エンジン音を高くして（それが瑞希には、重労働を課せられ走り続ける車の悲鳴のようにも聞こえた）、進んで行く。

道を上り切り、眼下に八頭森の町の明かりが広がったとき、良治が口を開いた。

「うちのおふくろ、倒れたの……知っとるやろ」

「あぁ、まあな」

「過労が原因やと。もともと、そんなに頑丈な方やないのに……無理して働いてきたから、疲れが積み重なってたって、医者が言うた」

「そうか……」

良治の母、史子はたしかに働き者だった。トラック運転手だった良治の父が亡くなってから、事務職員としてN市の食品加工会社に勤め、二人の子どもを育ててきた。もっとも、八頭森の女たちは、みな、超がつく働き者だ。勤めに出ながら、農作業と家の仕事を片付け、年寄りや子どもの世話までこなす。それを当たり前のようにやってしまうのだ。

この世界は、女に支えられている。臆病《おくびょう》な男だけがそれを知らない。知ろうとしない。そして、男とは元来、臆病な生き物だ。

そんな箴言《しんげん》をどこかで読んだ記憶がある。あるいは、良治から聞いたのかもしれない。持って回った言い方も遠回しなほのめかしも苦手だったが、八頭森にいると確かに、この世界は女に支えられているという一句がリアルに感じられる。

「過労が原因でよかったやないの」

和江が明朗にもあけすけにも響く物言いをした。

「静養しとれば治るってことやもんな。治療方法がないって病気やのうて、よかったで、良ちゃん」

「おばちゃんにかかったら、世の中、何でもええ方に転がってるでな。ほんま、笑える」

「笑《わろ》うたらええやないの。泣いたかて笑うたかて、同じ一生やで」

そうやなと良治は呟《つぶや》いた。けれど、笑ってはいなかった。

「おふくろ、無茶して働いて……倒れるまで無茶したの、おれが全国大会に行くからなんや……、おふくろ何も言わんけど、わかるし」

和江が運転席で身じろぎする。八頭森の町明かりが近づいてくる。

「全国に行くのって、何かと金がかかるんや。ユニフォームだって新しいのを作るて言うし、交通費とか宿泊費とか……そんな考えたらけっこうな出費になる。たぶん、十万以上要るんやないのか」

瑞希は隣の和江を見やった。

「そんなに要るんか」

珍しく和江が黙っている。ハンドルを握り、前を見ていた。

「要るんや、瑞希。おれら、全国、全国って浮かれとったけど、何をするにもどこに行くにも金はかかる」

考えていなかった。

家計が逼迫《ひっぱく》しているとは感じていたし、心を痛めてもいた。しかし、全国大会に出場するためには高額な費用がかかり、それを各家庭が捻出《ねんしゅつ》しなければならないなんて、考えもしなかった。

「おれ、無理やと思う。これ以上、おふくろに負担かけとうないしな。それで、諦《あきら》めようとしたんや。野球部、辞めて、全国にも行かんって決めて……、そしたら家電店の前でテレビの画面に、おれらが映っとった。あの決勝戦の試合と、最後に透哉が打者を打ち取ったシーンが放映されてて、おれも映ってた。恥ずかしゅうなるぐらい、興奮して、歯なんか丸出しになっとった。おまえも真っ赤な顔してたな。みんな、ほんまにむちゃくちゃ興奮してて……ええ顔やった。おれら、こんなええ顔しとったんやなって、見惚《みと》れていたら、ぶつかってきたんや」

「ケンカした相手か」

良治は小さな子どものように、頭を倒し、うなずいた。

「大人だったやろ」

「あぁ、おっさん……て、言うてもカネちゃんぐらいの歳やと思うけどな。ははっ、やっぱ、おっさんか」

「おまえから殴りかかったって聞いたけど、ほんまか」

「ほんまや」

「なんで」

思わず身を乗り出していた。首を伸ばしてみたけれど、薄暗い車内では、良治の表情は定かには窺《うかが》えない。

「なんで、そんなことしたんや。ぶつかってきたぐらい、どーってことないだろうが」

家電店店頭のテレビに見入っていたら、通行人がぶつかってきた。

それがケンカの原因にならないとは言い切れない。実際、もっとくだらない理由で、些細《ささい》な原因で、取っ組み合いや言い争いをした経験が瑞希にもある。一度や二度ではない。さすがに年下と殴り合った覚えはないけれど、級友やチームメイトやときに上級生を相手にしての諍《いさか》いだった。堪《こら》えに堪えた怒りが溢《あふ》れ出た場合もあるし、引くに引けなくなってこぶしを握ったケースもある。ほとんどが、仲間内でのことだ。上級生であっても、級友であっても、チームメイトであっても、相手の顔も名前もわかっている。自分がなぜ、こいつを殴りたいのか、腹を立てているのか、自分なりに摑《つか》んでいた。そんなときでさえ、良治は冷静で、一歩退《ひ》いて、瑞希たちの怒りやケンカの様相を眺めている。そして、事があらかた済んだとき、わざとらしいため息を吐きながら、

「おまえら、ほんま野蛮人やなぁ。もったいない」

なんて、呟くのだ。

「もったいないって、何が？」

鼻血止めのティッシュを鼻につっこんだまま、瑞希はつい尋ねてしまう。良治は血の染みたティッシュをちらりと見て、さも嫌そうに眉間《みけん》に皺《しわ》を寄せる。

「ケンカしてる時間がもったいない。流れた血がもったいない。ティッシュがもった

いない、腫《は》れを冷やす氷がもったいない。もったいないばっかよぞ。ケンカなんかしたって、なーんもええことないやろが。何べん言うてもわからんのやけ、バカや、おまえは」

と、言い切る。

たいてい、そうだった。腕力で、暴力で、事を解決しようとする者を、良治は心底、軽蔑《けいべつ》しているのだ。

その良治が、なぜ……。

警察から連絡を受けてから、引っ掛かって引っ掛かって、どうにも引っ掛かって仕方ない思いだ。眼前に顔を腫らした良治がいても、まだ、信じられない心持ちがする。

「あいつら……嗤《わら》いやがった」

膝《ひざ》の上で良治が指を握り込む。手の甲にミミズ腫《ば》れが一本、斜めに走っていた。

「嗤った？」

「テレビの画面を見て……嗤ったんや。『ガキは、暢気《のんき》でええな』って。それから、『ド田舎《いなか》の学校が、全国で通用するかい』とも言うた。『恥を掻《か》きに行くようなもんだ』とか『暢気に野球できるやつは、ええな』とか……好き勝手なこと言うて、それで、おれにぶつかってきたんや。すげえ酒臭かった。おれにぶつかって、舌打ちして

……おれ、一瞬、頭の中が真っ白になって、ほんまに腹が熱うなるぐらいの怒りがわ

いてきて……気が付いたら、目の前の男に飛びかかっていっとった」

良治の指がさらに強く、固く握り込まれる。ミミズ腫れがひくりと動いた。ミミズというより紅色の小さな蛇のようだ。

「おれら、暢気に野球をしとるわけやない。恥を掻きに全国に行くわけやない。おれらのチームなら、絶対に……全国でも互角に戦える。絶対に……」

「当たり前や」

瑞希もこぶしを握っていた。その手の甲にも紅色の蛇が蠢《うごめ》いている気がした。

「当たり前や、互角以上に戦える」

瑞希のこぶしを見上げ、良治はふっと身体の力を抜いた。

「アホや」

吐き捨てる。いつもの良治の物言いだった。

「その男たちか？　そうだな、確かに大アホやな。何にもわかってないんや」

「おれのことや」

不意に良治が顔を上げた。こぶしを自分の手のひらに打ち当てる。パシリと乾いた音が響いた。

「つまんねえことに腹を立てて……アホや。どうしようもねえ」

「おれだって、同じことしたと思うぞ」

自分たちの野球をそんな風に嗤われたら、瑞希だって怒りに震えただろう。震える身体のまま、飛びかかっていっただろう。若い生々しいプライドは、嗤う者を許しはしない。

「瑞希なら、黙って飛びかかったりはせんかったさ。相手を呼び止めて、何で嗤うって詰め寄ったはずやで。瑞希、おれな」

「うん」

「だれかを殴りたかったんかもしれん。このこぶしで、周りをめちゃくちゃにしたかった……だけなんかもしれんな」

良治が長い息を吐いた。身体の空気を全部、出してしまうような長くて重い吐息だった。

ケンカの理由はわかった。納得もできた。しかし、何も解決していない。全国大会に出場するためには金が必要なことも、その金を捻出するためには親に負担を強いることも、良治が母親を気遣い出場を諦めようとしていることも、それを知ったからといって瑞希に何の手立てもないことも、現実だ。瑞希たちの現実だった。

ため息を吐きそうになる。

ため息を吐けば、きっと、さっきの良治のものと寸分違《たが》わぬ重い長息となるだろう。

車が停まる。

八頭森の町の入り口だった。

街路灯が一本、立っている。淡いオレンジの光は闇を照らすのではなく、闇の濃さを際立たせているとしか見えなかった。無数の羽虫が明かりに群れて飛びまわっている。

「おかん、何でこんなとこに止まるんや。家はまだ先やぞ」

和江は息子を完全に無視した。身体をよじり、良治を見据える。睨《にら》むと言った方が近い、尖《とが》った視線だった。和江がこんな眼つきをするのは珍しい。どんなに怒っても、その体つきに似て、どこかまろやかな調子を失わない人なのだ。

良治も、いつもと違う和江の気配を気取り、身体を縮めた。

「お、おばちゃん、何でそんな怖い顔を……」

「やかましい。この、アンゴウモンが」

良治が目を見張る。瑞希も、瞼《まぶた》を思いっきり持ち上げていた。アンゴウモンとは、馬鹿者という意味だ。方言ではあるが、瑞希たちはめったに使わない。たまに、年寄りが口にするぐらいだろうか。廃れた方言であれ、流行《はや》り言葉であれ、ここで母が良治に罵詈《ばり》を浴びせるとは予想もしていなかった。

和江はシートベルトをはずしていた。サイドブレーキを引き、完全に後部座席に身体を向けている。

「大人を舐《な》めるんも、たいがいにしときや」

「……なっ、舐めるって、おれ別にそんなん……してないし」

「どの口がそんなこと言うた。さっきから黙って聞いとると、一人で苦労を背負い込んだような口をきいてからに。はぁ？　なにが、全国大会を諦《あきら》めるや、ふざけんやないで。良治、頭出せ」

「え？　あ、嫌や。おばちゃん、ど突くつもりやろ」

「ぶっ飛ばしたる。早《はよ》う、出せ」

良治は両手で頭を押さえたまま、何度もかぶりを振った。

「嫌や。もうぶっ飛ばされるのは、勘弁やで」

「良治！」

和江が一喝する。車内にわんわんと響く声だった。瑞希は大仰に肩を竦《すく》めてみせた。

「良治、しゃあない。諦めろ」

「てめえ、他人事《ひとごと》だと思って」

身を乗り出した良治の頭を、和江が思いっきり叩《たた》く。

「うわっ、痛《いて》ぇっ」

良治は座席に転がり、身体を縮めた。本当に痛かったのだろう。しばらく声を出さずうずくまっている。

「痛いのは当たり前や。車の中やから、これくらいで勘弁したるけどな、ほんまに」

「……おばちゃん」

良治がおそるおそるといった風に、顔を上げる。

「なんで……そんなに怒ってるんや」

「あんたが、うちらを舐めてるからやないの」

「だから、おれ、そんなことしてねえって。おばちゃんを舐めるなんて、そんな恐ろしいことするわけないで」

「したやないの。うちだけやない。あんたの母親のことも、周りの大人たちのことも、みんな、舐めくさってからに。ほんま、腹が立つ子やわ。史子さんに免じて一発でがまんしたるけど、自分の息子やったら往復ビンタ三連発や」

「瑞希、往復ビンタ三連発やと。奥歯、折れてしまうで」

「聞いてるだけで震えがくる。それに、おかん、舐めくさってなんて言葉遣いがちょっと如何《いかが》なものかと……」

「うるさい！　ええか、良治」

「は、はい」

「あんたな、ぐだぐだ言うとったけど、史子さんはあんたのためだけに働いとるんやないで。今の仕事が好きで、職場が好きで、働いとるんや。子どものために、自分の全部を犠牲にして生きてるわけでもない。そこんとこ、考え違いするんやないで」

「けっけど、過労ってのは働き過ぎってことで……それは、つまり、あの……おふくろ、無理をしたってことやろ」

　良治がしどろもどろになる様を初めて見た気がする。ちょっとおかしい。おかしいけれど、笑うわけにはいかない。和江の怒りの矛先が自分に向けられでもしたら、厄介だ。瑞希は神妙な顔つきのまま、上気して普段より若く見える母の横顔を注視していた。

「親が子のために頑張るんは、当たり前や。本能みたいなもんやないの。史子さんは、あんたのために頑張った。仕事が好きやから頑張った。風邪気味で熱があったのに頑張った。そりゃあ、社員の体調が悪いのに働かす会社もどうかと思うで。だいたい、あの社長はもとは八頭森の出やから、うちも、知っとるけどな。金儲《かねもう》けだけにあくせくするタイプやないと思うんやけど、どうも気配りがいまいち、できんのよねえ。働けるうちにどんどん働けみたいなとこがあって、社長の器としてはどうなんかねえ」

「おっ、おばちゃん」

「なんや」

「話がちょっと逸《そ》れてるような気が……なぁ、瑞希」

「うん、まあな。社長の器は関係ないと思うで。おかん、良治が大人を舐めてるって、頭に来てるんやろ。そこんとこに戻れや」

良治がはたはたと手を振った。

「もっ、戻らんでええ。戻る必要ないで。瑞希、つまらんこと言うな」

そうやわと、和江が肩をいからせる。

「このガキンチョが一人で苦労、背負うてるような言い方してからに。ほんま腹が立つ。うちら大人はあんたら子どもより、ずっと強くて力も智慧《ちえ》もあるんやで。生きてきた時間も経験もちがうでな。たいていの困り事なんぞ、何とかできるんが大人なんや。え？　わかるか？　良治。わかってんのか」

そこで和江は鼻から大きく息を吐き、顎《あご》を上げた。

「ええな。史子さんの前で、全国大会に行かんなんて一言でも口にしてみ。往復ビンタ三連発じゃ足らへんからな」

「けど……」

「うるさいっ！　何べん言わすの。何があっても、うちらが絶対にあんたらを全国に送り出したる。予算がない、お金がないなんて理由で諦めさせたりはせえへん。そのかわり、あんたらも堂々と戦《たたこ》うてきいや。相手が強すぎたとか、実力が出し切れんかったとか、しょうもない言い訳せなあかん試合、するんやないで」

良治が黙り込む。唇を硬く結び、眉間《みけん》に皺《しわ》を寄せた。身体のどこかが強く疼《うず》いているような表情だった。

瑞希は母の横顔から視線を逸らし、胸内で呟《つぶや》く。

厳しいな。

わたしたちはわたしたちの役目を果たす。だから、おまえたちは自分に言い訳を許さぬ野球を貫け。

母の言葉は強靭《きょうじん》で重い。そして、厳しい。

こんな厳しいこと、言う人だったんかな。

直接ではなく、フロントガラスに映る横顔に視線を向ける。良治は黙ったままだ。目を閉じている。むろん、眠ってなどいない。和江はキーを回し、エンジンをかけた。

闇の中を軽自動車が走る。ガラスに白い翅《はね》の蛾がぶつかり、鱗粉《りんぷん》を残して闇に消えた。

「今度、有志でバザーするんよ」

和江の口調がふいに柔らかくなった。

「来週、農協祭があるやろ。そのとき、広場にテントを張ってな、そこで、けっこう大がかりにやるんや。赤飯や炊き込みご飯のパックも並べるつもり。八頭森じゅうから人が集まってくるからな、よう売れると思うで」

「おかん、それって……」

「そうや、有志ってのは八頭森東中野球部の保護者やね。バザーだけやないで。東中の卒業生に寄付のお願いのハガキも出した。かなりの手応《てごた》えやで。役場にも掛け合《お》うた。きっと、特別予算が付く。だいじょうぶやって、あんたらが心配することなんかなんにもない。あんたたち野球部が、必死で戦って手に入れた全国やないの。どんなことしたって、うちらが支えてやるわ。もうちょっと大人の底力を信じて、どんとまかせとき」

和江はハンドルから片手を離しこぶしを作ると、自分の胸を二度、三度叩いた。眼は真っ直ぐに、前を見据えていた。

母が、母たちがこんな眼つきをするとき、けっして嘘やごまかしを口にしないことを瑞希は知っている。

母は本気なのだ。本気で全力で、息子たちを全国大会へ送り出そうとしている。それは史子も、山口の母舞子も、他の選手の親も同じだ。

負けるもんか。

唐突に想いが突き上がってきた。

おれたちは、どんなものにも負けるもんか。そうだろ、良治。

振り向いて、そう尋ねたい。けれど、瑞希は言葉を呑《の》みこんだ。

後ろから微《かす》かに震える音が聞こえたからだ。必死に涙を堪《こら》えようとすると、食いしばった歯の間からそんな音が漏れる。
良治は歯を食いしばり、必死に涙を堪えている。
こんなところで泣くなんて、めちゃくちゃかっこ悪い。
良治の心内の声が聞き取れた。
瑞希も心内で語りかける。
野球、やろうな。ただひたすら、野球をやろうな。
良治に、透哉に、仲間たちに語りかける。
「さっ着いたで」
和江が言い、なぜか、くすりと笑った。
ライトの向こうに、二時間ほど前に飛び出してきた家が、浮かび上がった。

四章　この光を受け止めて

翌日、良治は時刻どおり練習に出てきた。顔はまだ腫《は》れたままだ。

鉦土監督は何も言わなかった。ちらりと見たきり、いつも通りに練習の指示を出しただけだった。キャプテンの藤野も黙っていた。しかし、他の部員たちは放っておかなかった。良治の周りにたちまち人垣ができる。

「うおっ、良治、どないした、その顔」

「えらい顔になっとるやないか。ケンカか、瑞希と殴り合いのケンカでもしたんかよ」

「けど、瑞希はフツーの顔、しとるやないか。つーことは……あれっ、良治、ボロ負けか。もしかして殴られっぱなし？」

「いやぁこの傷は転んだんやないのか。ぼけっとしとって、階段からまっさかさま、な、そうやろが」

山口や安堂《あんどう》たち二年生が良治を覗《のぞ》き込み、口々に言い立てる。良治は蝿を払うように腕を何度も振った。

「うるさい！　おまえらは、ワイドショーの回し者《もん》か。勝手なことほざきやがって」

「おっ、威勢がいいね。へこんどるわけやないんやな、田上くん」

山口が小さく口笛を吹く。

「当たり前や。このくらいの怪我でへこむわけないやろが」

山口たちは顔を見合わせ、ほとんど同時に小さな笑みを浮かべた。瑞希は少し離れた場所で、チームメイトのやりとりを見ていた。

みんな、心配してたんだ。

山口も安堂も他のみんなも、このところの良治の様子に何かを感じていた。そして、心にかけていた。

「良治、どうしたんだ。何かあったのか」「本人に聞いてみろよ」「アホ、そんな露骨に聞けるかよ。あいつ、プライド高いのに。言いたくないこと聞いたら、かわいそうや」「瑞希はどうや」「いや、あいつもようわかってないって顔してるで」「瑞希にわからんのに、おれたちにわかるわけないし」「気のせいやないか」「気のせいやったら、ええけどな」

そんな会話を瑞希の知らない所で交わしていたのかもしれない。瑞希は知らなかった。気がつかなかった。けれど、良治は気づいていたんじゃないだろうか。気がつかない振りをして横を向いていただけだ。仲間たちの気遣いや心配りを良治ならちゃんと捉《とら》えていたはずだ。

気遣い、心配り、愛情、友情、思いやり。ときに鬱陶《うっとう》しく、ときに枷《かせ》とも重石《おもし》ともなる。けれど、温かい。人の心をそっと支え、温めてもくれるのだ。

「山城くん」

透哉に呼ばれた。

田上くんの怪我、どうした？　昨夜、何があった？

問われるかとも思ったけれど、透哉は行こうと一言、瑞希を促しただけだった。

「行こう、山城くん」

透哉の視線の先にはマウンドがあった。

「よぉし、ここからは実戦的なポジション練習に入るぞ」

鉦土監督の声がグラウンドに響いた。

「透哉、瑞希、肩慣らしは済んでるな。よし、レギュラーからバッターボックスに入れ。他の者は守備に回る。一年生は外野で球拾いだ。さっさと動け」

透哉がマウンドへと歩き出す。その背中を暫《しばら》く見詰め、瑞希は自分のポジションへと走る。マウンドから一八・四四メートル先。ホームベースの後ろ。そこが瑞希の座るべき場所だ。真正面に透哉がいる。身体を曲げ、投手板の上に手を載せていた。

本気だな、透哉。

視線がからむ。

「よし、こい」

ミットを叩《たた》く。

透哉が振りかぶった。小さなボールは小さな光となり、投げる者と捕る者の間を駆ける。真っ直ぐに、迷いなく。

手応《てごた》えが骨に響く。瑞希はゆっくりと唇を舐《な》めた。どこを切ったわけでも、どこがひび割れたわけでもないのに血の味がする。

もう一球だ、透哉。

返球を受け取り、透哉が構える。ボールはまた白い光に変わり、瑞希に向かってくる。透哉からの一球を受け取るたびごとに、瑞希は唇を舐めた。仄《ほの》かに血の味がした。

もう一球、もう一球、もう一球。ここに来い、透哉。

「どうだ」

鉦土監督が、後ろから屈《かが》みこんでくる。

「絶好調です」

「今日はコントロールが乱れないな」

「はい」

「打者が立っても、だいじょうぶか」

「はい」

「言い切ったな、瑞希」

言い切った。

だいじょうぶだ。今日の透哉なら、何の怖れもない。

「そうか。ふふっ、そうか」

「監督」

「なんだ」

「へんな顔になってますよ。目が下がって、口元も垂れちゃって、ちょっと気味が悪いですけど」

「ばかやろう。おれのこの端整な顔を気味悪いなんて、どこに目をつけてんだ」

「でも、完璧《かんぺき》にデレッてますよ」

「デレッてる?」

「デレデレになっとるってことです」

鉦土監督は自分の頬から顎《あご》を何度も手のひらでさする。それから、口元を引き締めた。

「ふふん、おまえだって同じような顔をしとるぞ」

「えっ、おれがですか」

「そうだ。デレッてデレッて、とろけそうな顔つきやないか。ふふん、球を捕るのが嬉《うれ》しくてたまらんって顔やぞ」

瑞希はマウンドへと視線を向けた。

透哉は、足元の土を軽く均《なら》している。白いユニフォームが淡く発光していた。透哉は立つべき場所に立っている。自信に満ちているわけでも、迫力が圧《お》してくるわけでもない。ただ、ごく自然に、ここに立つのが当たり前だという風にマウンドにいるだけだ。

うふっ。

鉦土監督が密《ひそ》やかに笑った。

「では、試させてもらうか」

「透哉をですか」

「バッテリーをだ。それに、バッターの調子もな」

監督を見上げる。視線がからむ。目元も口元も僅《わず》かも垂れてはいない。

「いいな、瑞希」

もちろん、存分に。

そう答える代わりに、瑞希はミットを強く叩いた。

「よーしっ。各自ポジションにつけ。一番から順次、バッターボックスに入るぞ。一年生、バッターの守備の穴埋めをしろ。何度も言うが実戦形式だ。試合中だと思うて、本気で守れ。もちろん、バッターもやぞ。本気で打ちに行くんや。この練習の内容いかんによっては、ポジションや打順が変わることもあるからな」

グラウンドの空気が、ざわめく。風まで強くなったようだ。

「よぉしっ、一番、田上良治。打席に入れ」

監督の声が一際、高くなる。

あっと、声をあげそうになった。

そうだ良治は一番、ファーストなんだ。

ファーストに一年生が立つ。吉岡承安《よしおかしょうあん》という、お寺の息子だ。入部してきたころから見れば、数カ月でずい分と逞《たくま》しくなった。それでもやはり、二、三年生に比べたら身体の線はひ弱い。

あそこに飛んでだいじょうぶかな。

ふっと思う。思った直後、背中がすうっと冷たくなった。

八頭森東中の野球部員は十七人。地区大会に優勝しても、さして部員は増えなかった。せっかく入部したのに、家庭の都合で八頭森から引っ越してしまった者もいる。これからだっているかもしれない。

レギュラー陣が欠ける可能性はいくらでも、あるのだ。改めて思い知る。

瑞希は、肩を軽く揺すってみた。

だいじょうぶだ。おれたちは絶対に負けない。

確かな自信と、

でも、けっこうぎりぎりなんだおれたち。

そんな不安の間で、感情が揺れ動く。止まらない振り子のように、右に左に、揺れて揺れて、瑞希の胸の壁にぶつかってくる。その度に、瑞希は息を呑《の》み込んだ。

ひゅんと風の音がした。

良治が、打席の傍らで素振りを繰り返している。

ひゅん、ひゅん。

小気味良い音だ。腰がよく回っている。ただ、瞼《まぶた》が腫《は》れているので、視界はかなり狭まっているだろう。

だいじょうぶか、と、鉦土監督は尋ねなかった。やはり、尋ねなかった。ただ一言「よし、始める」と手を挙げ、腰を落としただけだ。審判の位置から、透哉の球や選手のバッティングを見極めるつもりらしい。

良治が打席に入り、バットを構える。

校庭の桜の枝でかしましく囀《さえず》っていた雀たちも、ふいに鳴き止み静まり返った。偶然なのだろうが、その静寂がグラウンドの緊張をさらに高める。

瑞希はミットの下で、サインを出した。

外角低めのストレート。

透哉がうなずく。

良治は器用なバッターで、ストライクゾーンに入ってきたボールをほとんど見逃さない。必ず振ってくる。足も速い。内野に転がったゴロを足でヒットにできる選手だ。出塁率が高いのだ。だからこそ、一番にいる。

透哉が振りかぶった。

足を踏み出し、腕をしならせた。

ミットに重い手応えがくる。さっき、打者無しで受けたときより、さらに重く、強く響いてくる。

「ストライク」

鉦土監督のコールが響いた。

良治は一球目を、見送った。バットを僅かも動かさなかった。振る素振りをまったく見せなかった。

わざと見送った？　いや、それはないな。

返球する。緩やかな軌道を描いて、ボールは透哉のグラブに戻っていった。

良治は、見送らざるをえなかったのだろう。振ろうとして、振れなかったのだ。

「どっちや？」

低く問うてみる。聞こえないかもと思ったが、良治は耳聡《みみざと》く瑞希の問いかけを捕らえた。

「なんやて？」

良治が瞬《まばた》きを繰り返す。重たげな瞼だ。

「わざと見たのか、振れなかったのか。そう訊《き》いたんや」

「はっ、そんなん、見たに決まってるやないか」

良治は鼻を鳴らし、「なかなかの球やないか」と口の中で呟《つぶや》いた。

胸の奥から、息が漏れた。安堵《あんど》の息だった。

透哉の球を受けた。良治の強がりを聞いた。こうやって野球ができる。野球が好きだという想いを抱いて、存分に野球ができる。

最高だ。明日《あした》は何があるかわからない。でも、おれたちは今、最高に幸せだ。

「よしっ」

サインを出す。一球目と同じコースだった。透哉は顔色も表情も変えない。何の感情も露《あら》わにしないまま、ゆっくりと首肯する。これは、瑞希に対する絶対的な信頼なのか、どんなコースに投げても打たれはしないという自信なのか。

外角低めのストレート。

良治のバットが回った。鈍い金属音。ボールが瑞希の頭上に高く打ち上がった。マスクを捨て、ミットを構える。

あの空を思い出す。

あの白球がよみがえる。

紺碧《こんぺき》の空と、空に白く刻印されたボール。

地方大会の決勝戦の空だ。ボールだ。

おれが、最後の一球を捕らえた。

ボールが風に流れる。右に一歩、動く。ボールはそのまま瑞希のミットに落ちてきた。

いい子だ。

「くそっ」

良治が唸《うな》った。

「マジで悔しい。むちゃくちゃ、腹が立つ」

「おいおい、良治くん。スポーツなんだからな。打ち取られたからってピッチャーに腹を立てるのは、どうですかねぇ」

「キャッチャーにや」

「え？」

「透哉やなくて、瑞希、おまえに腹が立つわ。ほんまに、同じコースに二度投げさせやがって。ぜーったい、おれを舐《な》めてたやろ」

「まあな」

ボールを手に、にやりと笑ってみせた。

「わかっちゃった？　悪かったね」

「うわっ、腹が立つ。マジでキレそうや、おれ」

「おい、良治。ぐちゃぐちゃ文句言っている暇があったら、早《はよ》うポジションに戻れ」

鉦土監督が虫を追い払うように手を振る。良治は唇を尖《とが》らせたまま、瑞希に背を向けた。

良治、楽しいやろ。

胸の内で、話しかける。

何が起こっても、どんな目にあっても、野球って楽しいって思えるよな。思えるから、おまえ、今、そこにおるんやろ。

良治が立ち止まる。グラブを腋《わき》に挟んだまま、ゆっくりと振り返る。視線がぶつかる。

良治の唇の端が少しだけ、めくれた。

その笑いが、冷笑なのか、苦笑なのか、照れ笑いなのか、瑞希には判断できない。でも、笑った良治の顔に昨日の翳《かげ》りはなかった。晴々《せいせい》としているわけではないが、鬱々《うつうつ》ともしていない。沈み込む暗さは拭《ぬぐ》い去られていた。

「おい、透哉」

良治がマウンドへと声をかける。

「おまえ、あんまし瑞希を調子に乗せんなや。それでのうても、調子乗りの単純頭なんやからな」

マウンドで透哉が首を傾げる。口元にやはり僅《わず》かな笑みが現れた。この笑みの意味ならわかる。安堵だ。

透哉は良治の憎まれ口に、安堵の笑みを浮かべたのだ。

また、いっしょに野球ができるな。

透哉が無言のままに語りかけた言葉が、確かに聞こえる。

「よし、次」

「はいっ。よろしくお願いします」

二番、山口が打席に入った。鉦土監督がその肩を指先でつつく。

「利洋。よう見て行けよ。速さに惑わされるな」

「うっす。けど……見て行けるかな。なあ、瑞希」

「なんや」

「コース教えてくれたら、一ヵ月間、豆腐をただにしたるぞ。あっガンモも、な」

「アホぬかせ。バッターがキャッチャーを買収してどうするんや」

「けど、正直、打てる気がまったくせんのやけど」

「変化球は投げさせん。真っ直ぐだけや。その気になれば、何とかなる」

「嘘つけ。何とかなるなんて思うてないくせに」

思っていない。

今日の透哉はまさに絶好調だ。山口に告げた通り、全てストレートで押して行くつもりだった。おそらく誰も打てないだろう。クリーンアップでさえ、きれいに打ち返すことは不可能ではないか。

八頭森東中の打線は、決して微力ではない。四番の藤野を中心に破壊力もあるが、何より一番から下位打線まで切れ目なく打っていける。ボールをバットに当てる上手《うま》さを選手全員が備えていた。

だからこそ、今がある。全国大会の切符をもぎとれたのは、作楽透哉というピッチャー一人の力だけではないのだ。選手層は薄い。設備も道具も恵まれているとはお世辞にも言えない。しかし、投打がかみ合い、なめらかに回ろうとしている。前へ進もうとする力に満ちている。

最高の打線と最高の投手。

うん、やっぱ最高やな。

下唇をそっと舐める。

監督は打線とバッテリーの調子を測ると言った。測ってもらおう。透哉の一球が全国で十分に通用すると、いや、全国でさえ誰にも打たれないと、その目で確かめてもらおう。

まだ、ぶつぶつ言っていたが山口は、打席に立つとぴたりと構えを決めてきた。スピードボール用にバットをやや短く持っている。ともかく当てに行くつもりらしい。内角の低目を二球続けて要求した。ただし、二球目はストライクゾーンをわざと外してみた。選球眼ではチーム一かもしれない山口が、一球目を見逃し、二球目を振った。三球目は完全に振り遅れた。それでも、バットに当てたのは山口の意地と技だろう。

鈍いゴロが三塁方向へと転がる。山口の代わりに守備に入っていた一年生が掬《すく》いあげる。ぎくしゃくした動きだったが、ボールはグラブに納まっていた。

「落ち着け。しっかりボールを握って投げろ」

鉦土監督の指示に、一年生はボールを握り直した。それで一呼吸分、送球が遅れた。しかも、山口は足が速い。クロスプレーになったが、かろうじてタイミングはアウトだった。

「余裕だね」

カバーに走っていた瑞希に向かい、良治が親指を立てる。

「余裕だな」

瑞希も笑って、指を出す。

良治にはファーストが似合っている。透哉にマウンドが相応《ふさわ》しいように。ファーストポジションに立っていると、良治は普段よりずっと生き生きと軽やかに見えた。

これが野球なんだな。

誰もが自由に呼吸できる。さまざまな重荷を背負いながら、白い小さなボールを追い、摑《つか》み、走り、投げることができる。

これが野球なんだ。

今の自分が、確かに野球に支えられていると実感できる。良治がふいっと視線を逸《そ》らした。目の縁が仄《ほの》かに赤くなっている。怪我のせいではない。高揚と歓喜のせいだ。

良治もまた気が付いたのだ。この一球、この一打に支えられていると。支えになるものを自分は持っているのだと気が付いた。そして、透哉は……。マウンドに目を向ける。

透哉はどうだろう。同じような高揚を歓喜を感じているだろうか。それとも、マウンドに立つ者はもっと別の、他の者には窺《うかが》い知れない感情を秘めて、ボールを握るのだろうか。

「瑞希」

良治が舌を鳴らした。

「ほら、早く帰って座ってやれや。おまえがおらんと、透哉が球を投げられんやないか」

「あ、そうだ。うん」

慌ててキャッチャーのポジションに帰る。打席には既に三番の井伏《いぶせ》が入ろうとしていた。強打者だ。三番の井伏、四番の藤野はどちらも長距離バッターだが、井伏はバントなど小技も巧みで、敵に回せば厄介この上ない相手だった。

その井伏に対し、瑞希は一球目、ど真ん中を要求した。

ど真ん中ストレート。球速は最も出るかもしれないが、完全なホームランコースだ。

さすがに、透哉がサインを確かめてくる。

山城くん、このサイン……。

そうだ。ど真ん中に投げてこい。

ストレートを。

ストレートを、だ。

透哉が点頭する。大きく一つ、息を吸い込む。そして、吐く。井伏がその動きに自分の呼吸を合わせる。ぴたりと合っていた。

瑞希は構えたミットを動かさなかった。

透哉の指からボールが放たれた。

ど真ん中、ストレート。

井伏のバットが回った。風が耳朶《じだ》にぶつかる。同時にミットに手応《てごた》えがあった。

「ストライク」

監督がコールする。

二球目は内角の低めを要求してみた。要求したそのコースに真っ直ぐに球が走る。井伏はさすがに続けて空振りはしなかった。何とか、当てに行く。ボールは一塁側のファウルグラウンドを、土と戯《たわむ》れるかのように転々とした。

そして、三球目。

さらに低く、ストライクゾーンぎりぎりの内角球のサインを出す。透哉がうなずく。

これも、ぴたりとサイン通りのコースだ。

井伏のバットが再び、空を切った。

風音。ミットへの手応え。バッターの吐息。

「ストライク。バッターアウト」

監督はさっきより、やや声を高くしてコールした。その後、

「ストライクとしか言いようのないストライクやなぁ」

妙にしみじみとした口調で、続けた。

「瑞希」

「はい」

「乱れんな」

「はい。サイン通りです」

「そうか」

監督の喉《のど》がひくりと動いた。口元に皺《しわ》がよったのは、込み上げてくる笑いを堪《こら》えている証《あかし》だろうか。透哉のピッチングが安定しさえすれば、監督としての憂いは半減する。それは、チームに要《かなめ》ができること、チーム自体がさらに確かな力を獲得したことに他ならない。指導者としては、ほくそ笑みたくもなるだろう。

よく、わかる。瑞希だって堪えているのだ。

こぶしを真っ直ぐに突き上げたい。そんな衝動を必死に抑え込んでいるのだ。

この一球を受けられるという歓喜を誰かに伝えたい。

なぁ、おれたちってすごいやろ。

胸を張り、叫びたい。

透哉、おまえ、やっぱホンマモンやな。

あのピッチャーの肩を摑み、告げたい。

さまざまな想いが透哉のボールを受けるたび、胸の内に生まれ、湧き返り、鼓動を刻む。

透哉がこの先、決して乱れないなんて言い切れない。失投も、思わぬ調子の狂いもあるはずだ。瑞希自身のサインミスだって起こり得る。完璧《かんぺき》などない。完成もない。どれほど努力しても、練習を積んでも、天才を持っていたとしても、野球を支配することは、できないのだ。

一球で変わる。

一打で崩れる。

ファインプレイ一つで、繫《つな》がる。

たった一球、たった一打、たった一つのプレイ。それだけで奈落《ならく》に突き落とされることも、奈落から這《は》い上がることもできる。

先が読めない。

だからおもしろい。だから、怖い。

それが野球というスポーツなのだ。

けれど、作楽透哉というピッチャーがこの先、さらに強くさらにしなやかに育っていく。それだけは確かだ。

ボールを受け続けた者だからこそ、わかる。

乱れもする。打たれもする。でも、崩れ去りはしない。勝とうが敗れようが、透哉は最後までマウンドに立ち続けるだろう。立てるだけのピッチャーになるだろう。

「ふふふ」

低い笑い声に、瑞希は振り返って監督を見上げた。

「ちょっと、気持ち悪いんですけど」

「うん？　気分が悪いってか？　そんな顔、しとらんぞ」

「監督の笑い声です。気持ち悪いです」

「はぁ？　なんだ、その言い方は。おれのハードボイルドな笑い声にしびれる女は、いっぱい、おるんぞ」

「信じられません」

「この口減らずが。今度、証明してみせたるからな」

「ぜひ、お願いします」

「ふふん。まっ、それはそれとして……瑞希」

「はい」

「四番やぞ」

「はい」

銀色のバットを握り、藤野が歩いてくる。普段は、冗談や軽口が好きで、しゃべったり笑ったり忙しく動いている口元が、今は一文字に引き結ばれていた。

本気の顔だ。

「鉄平のやつ、本気やな」

監督は肩を竦《すく》め、また、嬉《うれ》しげに喉を鳴らした。

「あいつが本気になったら、けっこう手強《てごわ》いぞ。まぁ、おれが言うまでもなく、ようわかっとるだろうけどな」

「はい」

わかっている。

自分たちのキャプテンだ。チームの四番だ。人柄も実力も、ちゃんと心得ている。

そう大柄ではない藤野は、やみくもに力で押してくるバッターではない。それでも四番に座り、チーム一のホームラン数と打率を誇るのは、球を捉《とら》えるタイミングが実に的確で上手《うま》いからだ。体重を乗せた威力のあるバッティングができる選手だった。

「ちょっと、待て」

監督がバッターボックスへ入ろうとする藤野を止めた。

「おい、良治。おまえ、ランナーになれ」

不意に声をかけられたにも拘《かか》わらず、良治は監督の指示をすぐに理解できたらしい。

一年生にファーストミットを渡し、一塁上で軽く屈伸運動を始めた。

「みんな聞け。ワンアウトランナー一塁。二点のビハインド。バッター四番。このフォーメーションのつもりで守れ。良治、おまえは相手方のランナーだ。足でかき回せ」

「うぃっす」

「よし、試合再開」

「お願いします」

いつもより低い、掠《かす》れた声で藤野は挨拶《あいさつ》する。それだけで、いつにない迫力を感じる。

本気の本気だな、キャプテン。

目の前で三番の井伏が打ち取られたことが、藤野の本気をさらに強めたと感じる。

瑞希と良治がそうであるように、藤野と井伏も小学校に上がる前からの付き合いだ。

この八頭森に生まれ、育ち、ずっといっしょに野球をやってきた。

おれが仇《かたき》をとる。そんな大仰な想いは僅《わず》かもないだろうが、あいつの打てなかった球を、打てなかった球だからこそ打ち返してやるという気負いが、藤野の内で頭をもたげようとしている。

だとしたら……。

透哉、外側に外してみようぜ。

瑞希は外角高めのサインをマウンドのピッチャーに送る。

相手の打ち気を利用して、ボール球を振らせてみよう。

透哉はやはり拒まなかった。瑞希のサインを受け入れる。

透哉の足が上がり、大きく前に踏み出される。

高めに入って来たスピードボールを藤野は見送った。バットを振れなかったのではない。振らなかったのだ。ボールのコースをちゃんと読んでいた。

なるほど、手強いな。

瑞希はマスク越しに藤野を見上げた。

キャッチャーのこの場所に座ると、いつもは見えないものが見えてくる。藤野はどちらかというと陽気で屈託のない性質で、誰にも好かれている。その反面、ふだんは軽みが目立ち、やや重厚さに欠ける……と、瑞希は感じていた。しかし、今、打席に立ちバットを構える藤野は、凝り固まった緊張ではなく、張り詰めた闘志を確かに伝えてきた。

静かだからこそ、怖い。

よしっ。

決めた。

小細工は止めだ。ここで、駆け引きをする必要はない。

もう一球、外角に。ただし、ストライクゾーンの低目ぎりぎりを。

藤野が外角打ちを得意としていることは、むろん承知だ。承知しているからこそ、サインを出した。

真っ向から勝負しても、勝てる。

八頭森東のエースは八頭森東の四番を完璧に抑えるはずだ。

外角低め。ここだぞ、透哉。

瑞希はミットを構え、マウンドとそこに立つピッチャーを真っ直ぐに見据えた。

外角低め。

サインを確認する。

瑞希の要求が、打者として立つ藤野の得意のコースだと、透哉にもわかっていた。

サインミスなどではなく、敢《あ》えてここを攻めるのだと決めたのも、わかっていた。

強気だな。

透哉は軽く息を吸い込み、ボールを握り締めた。

瑞希はいつだって、強気だ。

ときにかわしたり、釣り球や遊び球を要求してきたりもするけれど、それはあくまで勝負までのステップに過ぎない。瑞希は決して、勝負を避けようとはしなかった。打者をわざと歩かせることはもちろん、「歩かせてもいいか」と考えることすらないようだった。少なくとも、透哉にはそう思える。

ピッチャーに対する絶対的な信頼。

おまえの球が打たれるはずはないのだというメッセージが伝わってくる。伝わってくる度に、身体が震える。自分をここまで信じてくれる相手に巡り合えた。そんなキャッチャーに向かって投げられる。

吸い込んだ息を吐き出す。心臓の鼓動が耳奥に響いていた。

瑞希の気持ちが嬉しい。頼もしくもある。だが……。

重くもあった。もっと言えば、怖い。

透哉は少し、怖《お》じていた。

ここまでの信頼に、おれは応《こた》えられるだろうかと自問する。答えが見つからない。

だから、怖かった。

打たれることが、瑞希の信頼を裏切ることが怖い。情けないと自分を叱りもした。

でも、恐怖は拭《ぬぐ》い去れない。今でも、ときに足が震える。背筋を冷たい汗が伝う。怖い、怖い。できるならここから逃げ出したい。けれど、透哉はマウンドをおりようとはしなかった。白いボールを手放そうとはしなかった。

怖じる心より歓喜の方が、勝っているからだ。そして、マウンドとは絶対的な自信を持って臨む所ではなく、怖じ気も歓喜も揺らぎも迷いも、全てを抱え込んだまま立ってよい場所なのだと、このごろ、わかってきたからだ。

野球が好きだから、自分を信じてくれる相手がいるから、怖くても怖くても立つに値する場だから、ここから投げたいから、マウンドに上るのだ。

一度、マウンドに背を向けた。

瑞希と良治が引き戻してくれた。

もう、逃げない。能《あた》う限り、ここで踏ん張る。

一八・四四メートル先に、自分のために構えられたミットがある。

透哉はうなずき、振りかぶった。

外角低め。ストライクゾーンぎりぎり。

藤野のバットが回った。

鈍い音がして、ボールがグラウンドを跳ねる。サードの山口が飛び出した。良治が二塁へと走る。砂ぼこりが夏の大気の中に舞いあがった。

「うわっ」。山口が悲鳴に近い声をあげる。

ボールがイレギュラーしたのだ。その前を塞《ふさ》ぐように、山口が横に跳ぶ。胸に当たったボールが勢いを削《そ》がれ、三塁線上に転がった。山口が素早く、それを摑《つか》む。良治は二塁に滑り込もうとしていた。ほとんど迷うことなく、山口は一塁にボールを放った。力んだのか、胸に痛みを感じたのか、送球が一塁の前でワンバウンドして右に逸《そ》れた。良治なら、ぎりぎりですくい取っていただろう。しかし、急ごしらえの一年生ファーストには無理だった。

ファーストミットの先を掠め、ボールがファウルグラウンドを転々とする。カバーに入っていた瑞希がボールを捕まえたとき、藤野は一塁を駆け抜けていた。

鉦土監督が腰に手をやり、グラウンドを見回す。

「よしっ。これでワンアウト一、二塁だ。利洋」

「はい」

「痛むか」

「いえ、何ともないです」

「無理をするな。ここで怪我をしちゃあ、何にもならんぞ」

「だいじょうぶです」

これくらいで引っ込んでいたら、試合に出られないじゃないか。

山口利洋の胸の内の声が聞こえたような気がした。

みんな、本気だ。

透哉は気息を整えるために、軽く口を開けた。

みんな本気だ。本気で打ち、守り、走っている。

だからこそ、グラウンドの空気が心地よく張り詰めている。

「透哉」

名前を呼ばれた。

「はい」

「もう少し、牽制《けんせい》するんや。特に俊足の選手のときは、気を配れ。塁に釘《くぎ》づけにするぐらいの気持ちでおらなあかんぞ」

「はい」

透哉は、ちらりと二塁ベースに立つ良治を見やった。

確かに、速い。普通のランナーだったらアウトだったかもしれない。それぐらい微妙なタイミングだった。それを、あっさりセーフにしてしまった。足の速さも走塁の上手《うま》さも十分に承知しているつもりだったが、いざ、ランナーとして背負うと、ここまで厄介な相手だったのだ。

良治の視線とぶつかった。痣《あざ》の残る瞼《まぶた》が、一瞬閉じられ、すぐに開いた。ウィンクを投げてよこしたのだ。口元が緩んでいる。

どうや。けっこうやるやろ、おれ。

「あいつ、チョーシこいてんな」

瑞希がマウンドに歩みより、直接ボールを手渡した。ちっちっと二度、舌を鳴らす。

「でも、ほんとに田上くん、すごいね。前から走塁は上手かったけど、ますます速くなった気がして……びっくりした」

「あほ。あのくらいで感心すんな。ますます、調子に乗るで。あいつを調子に乗せたら、ろくなことにならんぞ」

「……だな」

敵としてなら厄介この上ない。しかし、味方となれば頼もしい限りだろう。瑞希はちゃんとわかった上で、悪態をついている。これまで生きてきた十四年の間に、良治と瑞希はこうやって何度も何度も悪態をつき合い、笑い合い、支え合ってきたのだ。おかしいようでも微笑ましいようでもあった。しかし、笑ってばかりもいられない。

ワンアウト一塁、二塁。次は五番だ。

「山城くん」

「うん？」

「バッターボックスに入らなくちゃ」

「は？」

「五番。山城くんの打順だよ」

瑞希が大きく目を見開く。自分が打つことは、まったく念頭になかったらしい。唾《つば》を飲み下した喉元《のどもと》が大きく上下した。

「あ……そうやけど、でも……」

瑞希の黒目が左右に動く。

「おれが打者になったら、誰が球を捕るんや」

八頭森東に控えのキャッチャーはいない。たとえいたとしても、おまえの球を捕るのは無理だろう。

瑞希は言外にそう言っている。

確かにと、透哉は呟《つぶや》きそうになった。顎《あご》を引くことで、同意の仕草を何とか抑える。

「でも、山城くん……。試してみたくない？」

「え？　試すって？」

透哉は手の中の白いボールに、視線を落とした。

「……おれの球が打てるかどうか……山城くん、試したくないのかなって……」

瑞希が息を呑《の》み込んだ。目を伏せていても、その気配が濃厚に伝わってくる。透哉は固くボールを握り込んだ。それから、ゆっくりと顔を上げた。瑞希が瞬《まばた》きもせずに、見下ろしてくる。

「おれは……試してみたいけど」

ささやくように告げる。心臓の鼓動が速く、強く、大きくなる。その鼓動に押し上げられるように、言葉が零《こぼ》れた。

「おれの球が、山城くんに通用するかどうか……試してみたいんだけど……」

瑞希は身じろぎし、再び息を呑み込んだ。

驚いているのだ。透哉自身も驚き、少し狼狽《うろた》えてもいた。

自分がこんな挑発的な物言いをするなんて、思ってもいなかった。誰であろうと他者に挑むなど、相手を刺激し戦えと促すなど信じられない。

野球は好きだ。でも、他者と競うことも、勝利を至上と考えることもできない。無理だ。

透哉はただ、マウンドから投げられればそれでよかった。もう二度と背を向けたりはしない。目を逸らしもしない。マウンドに拘《こだわ》り続ける。ここに立つことを許された者として、投げ続ける。

透哉の決意だった。

決意は決意としてあるけれど、それは透哉の胸底で静かに息づいているだけのものだ。激しく燃え上がるわけでも、渦巻き流れるわけでもない。まして、他者に向けてぶつけるものでもない。だからこそ、ここで挑みの一言を瑞希に告げた自分に驚くのだ。

汗が滲《にじ》むほど、驚いてしまう。

でも、きっと……。

と、透哉は考える。

でもきっと、前々から心のどこかで望んでいたんだ。いつか、山城くんと勝負してみたい、と。いつの間にか芽生えた想いが、おれ自身の知らぬ間に育ち、溢《あふ》れ、今、口から零れた。ただ、それだけのことなんだ。

「おーい、そこのバッテリー。いつまで、グズッてるんや。いいかげんにしとけ」

良治が二塁ベースの上でひょいと跳ねる。

「とっとと試合再開してもらわないと、こっちは暑いばっかなんですけどぅ。おーい、ほらほら、瑞希。ごちゃごちゃ悩まんと、早《はよ》ぅにバッターボックスに入れや。それとも、五番飛ばかしていくんかよ。どーでもいいから、早ぅしてくれや」

瑞希は良治をちらりとも見ようとしなかった。何か一言を口にしたけれど、あまりに小さすぎて、透哉には聞き取れなかった。

え？　山城くん、今、何て？

問いかけようと顔を上向けたとき、瑞希は既にマウンドから遠ざかっていた。鉦土監督に一言、二言告げ、プロテクターやレガーズを取る。鉦土監督はそれを受け取り、装着し始めた。

監督が捕るのか。

「おい、透哉」

肩に手が載せられた。良治だ。真顔だった。

「この勝負、おまえ、かなり不利やで」

「不利？」

「そうやで。急にキャッチャーが代わって、投げ難《にく》いんとちがうか」

「あ……」

そうだ。八頭森に来て、もう一度野球と関わるようになってから、瑞希以外のミットに向け、投げた経験はない。ずっと瑞希にだけ投げてきた。呼吸とか、タイミングとか、リズムとか、ちゃんと維持できるだろうか。

ふいに自信がなくなる。鼓動が動悸《どうき》に変わる。

「おれ、走らんからな」

両手を腰に当て、良治はホームベースへと目を向ける。

「おれもキャプテンも走らん。だから、おまえはランナーを気にせず投げろや。思いっきり全力投球や。わかったたな」

「うん」

「言うとくけど、瑞希はけっこう、ええバッターやぞ。普段、ぼけーっとしてどっか抜けてるように見えるから、つい、油断しちまうけど、外見に騙《だま》されるなや」

「……山城くん、抜けてるようには見えないけど……」

良治は舌を鳴らし、かぶりを振った。

「見える、見える。昼寝から覚めたばかりのカバみたいな面をしとるやないか。だからつい、侮っちまうんだよな。しかも、あの面、生まれつきやからなぁ。どうしようもない」

噴き出してしまった。

「田上くん、カバって……言い過ぎだ」

「そうかぁ？　まんまやとおもうけど。まっ、おれ、寝起きのカバなんて見たことないけどなぁ」

おかしい。

透哉は肩を震わせて笑ってしまった。その肩を軽く叩《たた》かれる。

「おまえと瑞希の対決なんて、ちょっとした見物やからな。楽しませてくれよな。全力投球、頼んだで」

良治は肩を竦《すく》め、にやりと笑い、二塁へと戻った。

あぁ、ほぐしに来てくれたんだ。

背中を見ながら、ふっと思った。良治は後ろから透哉の緊張に気が付き、解きほぐしに来てくれた。

全力投球。その一言を手渡しに来てくれた。瑞希が強打者であること、僅《わず》かも油断できない相手であることを伝えに来てくれた。そして、「楽しませてくれよな」の一言も。

言われるまでもない。

瑞希がどの程度の打者なのか、透哉にはよく、わかっている。ボールを捉《とら》える。遠くに飛ばす。上手く弾《はじ》き返す。どれをとっても、相当なものだろう。瑞希のバットのおかげで、逆転した試合も、攻撃のきっかけを摑《つか》んだ試合も、楽に勝たせてもらった試合も数多《あまた》ある。

強打者だ。だから、挑んでみたかった。バッテリーの相手としてではなく、ピッチャーとして、この打者と対峙《たいじ》してみたかったのだ。

山城くんはどうなんだろう。

この球を捕ることだけを考えていただろうか。打者として向かい合いたいと思ったことが一度でもあっただろうか。

「よーし、準備できた。作楽、ちょっと投げてみぃ」

鉦土監督が大きく手を振る。

投手板に足を置き、透哉は軽く唇を噛《か》んでいた。

投げ難い。

とっさに感じた。

監督の構えが落ち着かないとか、頼りないとかではない。瑞希より身体が大きい分、安定感はむしろ勝っているかもしれない。

それなのに、投げ難い。

三球、投げ込んだ後、透哉は二塁をちらりと見やった。

良治は腕組みをして、ベースの上に立っている。さっきの言葉通り、走る気はまったくないらしい。

後ろを気にする必要はない。打者にだけ集中する。

塁上で良治が僅かに笑んだ。

瑞希がバッターボックスに立つ。バットを構える。

全力投球、か。

透哉はもう一度、唇を噛みしめた。

投げ難いなんて甘えている場合じゃない。そんな甘ったるいことじゃや、あのバッターを打ちとれない。

外寄りにボールになる球を。

鉦土監督の最初のサイン、だった。瑞希の打ち気を削《そ》ぐためと、スピードに惑わされて振るかどうか試す意味合いがあるのだろう。いかにも監督らしいサインだ。

頭を横に振る。

監督がどんな顔つきになったのか、マスク越しには窺《うかが》えない。

山城くんだったら、わかるのにな。

不意にそんなことを思った。

そう、瑞希ならわかる。今、どんな表情をしているのか、マウンドから察することができる。ただし、キャッチャーとしての瑞希なら、だ。打者である瑞希はほとんど無表情で、心の内に何を秘めているのか見通すことはできない。

次のサインも外角球だった。ただし、ストライクゾーンの低目を狙えという指示だ。

やはり、かぶりを振る。

投げる球は、外角でも内角でもない。

監督の肩が大きく上下に動いた。ミットの下で指も動いた。

透哉の望んでいたサインだった。

ストライクゾーンの真ん中を真っ直ぐに射ぬけ。

うなずく。胸の肉を押し上げて、心臓が鼓動を打った。

どくん、どくん、どくん。

昂《たかぶ》っている。興奮している。でも、最高の球を投げる。昂りを興奮を何もかもを糧にして、最高の球を投げてみせる。

ど真ん中のストレート。

透哉、がんがん攻めていこうぜ。

そう言ってくれたのは、瑞希だった。投げろと促し、必ず捕るからと誓ってくれた。

山城くん、がんがんいくよ。

透哉は、全身の力を託し、ボールを放った。

耳元を風が過《す》ぎる。夏の風は乾いた砂の匂いがした。ほんの束の間、風音が消えた。風だけではなく、グラウンドに降り注いでいた蝉の声も、部員たちの掛け声も聞こえなくなる。透哉の周りからことごとく音が消えてしまった。ほんの束の間、瞬《まばた》きする間にも満たない時間だ。

その無音の世界を切り裂いて、金属音が響く。バットがボールを捉え、弾き返す。

その音が、透哉の鼓膜に突き刺さる。

小さく叫んでいた。

とっさに見上げた空を白い球が過《よぎ》っていく。

高く、遠く、飛んで行く。

二塁の良治も、一塁の藤野も走ろうとしなかった。顔を上げ、視線でボールを追う。バットを放り捨てた瑞希だけが、一塁へ全力疾走していた。

外野三人が一斉に下がる。藤野の代わりにライトに入っている一年生が少し遅れた。

「走れ。ボールの下に入るんや」

監督の大声が空気を震わせた。

「慌てんな。ボールをよく見ろ。落下点に入れ。目を逸《そ》らすな。ボールだけを見ろ」

ライトの足が止まった。二、三歩前に出る。グラブを構える。

捕ってくれ。

鼓動が胸を叩く。激しくリズムを刻む。

捕ってくれ、捕ってくれ、捕ってくれ、頼む。

「捕れーっ！」

良治が振り向く。大きく目を見開いていた。信じられないという目つきだった。透哉自身、信じられなかった。

今、叫んだのか？　あんな叫び声を、腹の底から絞り出すような叫び声をあげたのか？　おれが？

ボールが落ちてくる。ライトの一年生が、ふらつきながらもグラブに捕らえた。藤野が動かないため、やむなく一塁手前で止まっていた瑞希が小さく唸《うな》った。

ライトフライ。

「おい、たった一球で勝負が決まっちまったで」

良治が首を振った。瑞希は頭上に視線を向けていた。まだ、そこにボールの軌跡が見えるかのように、凝視していた。

「透哉、さすがやな。カンペキ、投げ勝ったやないか」

マウンドに来ると、良治は肘《ひじ》で透哉をつついた。

「そうかな……」

そうだろうか。いや、違うだろう。ボールは風に押し戻されたのだ。向きが逆だったら、外野を抜けていたのではないか。

「こらっ、透哉」

背中を強く叩《たた》かれた。

「痛っ」

「そこが、おまえのあかんとこやで」

良治が透哉の前で右手をひらひらと振る。

「どんな条件でも、どんな形でも勝ちは勝ちやないか。おまえは、瑞希に勝ったんや。あーだこーだ、ごちゃごちゃややこしいこと考えんでも、単純に『わーい、山城くんに勝っちゃった。どーってことないね、あんなやつ』って喜べばええんや」

「おれ、山城くんのこと……あんなやつなんて、思わないけど……」

「思え。無理にでも思え。そんでもって、もうちょい威張れや。瑞希の前で胸を張ってこい。どうだ、ってな」

「いや、そんなことしたくないし……」

「やだね、この子は」

良治は首を回し、音高く口笛を吹いた。

「瑞希、瑞希、ちょっと来い」

口を一文字に結んだまま、瑞希はマウンド近くまで走ってきた。

「良治、おれは犬じゃねえぞ。口笛なんかで呼ぶな」

「あー、はいはい。細かいことに拘《こだわ》んなくてええから。で、どうや？」

「どうって？」

「完敗した気分はどうやって聞いたんや」

ふいに良治が笑い出す。くすくすと軽やかな、さも愉快そうな笑い声だった。反対に瑞希は口を結んだまま、にこりともしない。

「いやいや、カンペキにやられちゃったね、や・ま・し・ろ・くん。フルスイングやったもんな。正直、行ったたって思ったやろ。ここが球場やったら、絶対ライトスタンドに入っとるってな」

瑞希がもぞりと唇を動かした。

「思った」

妙に低い掠《かす》れ声が、その唇から漏れる。

「完璧《かんぺき》に捉《とら》えたと思うた」

「ところが、結果はライトフライ。しかも、ぺーぺーの一年生にでもしっかりキャッチされちまうぐらいの、な」

「……うん」

「つまり、どーにもなんねえぐらい力負けしたってことやでの」

「まあな……」

笑みを浮かべたまま、良治は透哉の胸にこぶしを当てた。

「ほーら、瑞希は潔う負けを認めたで。おまえ、もうちょい自信を持ったってええんやないか。全力勝負して、瑞希は負けたわけやからな。負けた事実は、やっぱ負けたってことで、負けたことに変わりないし」

「良治、負けた、負けたって、しつこい」

「あー、ごめんなさいよ。しつこいのは生まれつきの性質なんで。けど、おまえが負けたんは確かなことやからな」

「でもまぁ、おれの打球は前に飛んだからな」

今度は瑞希がにやりと笑った。良治の顔つきが、みるみる尖《とが》ってくる。眉間《みけん》に深い皺《しわ》が寄った。

「ふふん、負けた、負けたって騒ぐんやったら、おまえやってそうやないか。た・が・み・くん。しかも、おれの球は外野までは行ったからねーっ。その点、た・が・み・くんはどうだったかなぁ。確か、おれが捕ったから……あれ？　キャッチャーフライ？　てことは、前じゃなくて後ろに飛んだんやなぁ」

「う……瑞希、調子乗んなや」

「事実やろ、事実」

「うわぁ、こいつ、マジでムカつく」

「こっちこそ。おまえには、いっつもムカつきっぱなしや」

二人のやりとりを見ながら、聞きながら、透哉は噴き出しそうになる口元を懸命に閉じていた。

おかしい。でも、マウンドで声を上げて笑う気にはなれなかった。ここにはいつも緊張と高揚がある。そして、言葉にできない感情や想いが渦巻いている。一球一球投げる度に、感情は色を変え、想いは形を変じ、渦となるのだ。

神聖な所とは言わない。でも、特別な場所だった。間違いなく特別な場所だった。だから、ここでは戯れには笑えない。

呑《の》み込んだ笑いは、胸の奥に滑り落ち、温かな塊になる。

おまえは、確かにピッチャーなのだ。もっと堂々と己を誇れ。

良治が、瑞希が、本気で伝えようとしてくれている。それがわかる。それが温かい。日だまりに似て温かい。

堂々と己を誇る。

八頭森に来るまで考えたこともなかった。球のスピードやコントロール、球威そのものを褒められたことはあるが、それはただ透哉の一部分にしかすぎない。幾ら速い球が投げられても、自分にはどこか深い欠落がある。

透哉はずっとそう感じていた。

無造作に積まれた煉瓦《れんが》のように、自分はちぐはぐで危なっかしく、いつ崩れるかわからない。そんな存在なのだ。

どうしても、そんなふうにしか考えられなかった。けれど、八頭森という小さな町に来て、瑞希たちと出逢《であ》って、もう一度野球と向かい合おう、もう二度と逃げたりすまいと心を決めてから、少しずつ、変わってきたように思う。

堂々と己を誇る。

まだできない。もしかしたら、一生できないかもしれない。でも、受け入れることならできる。

己の内にある欠落も危うさも脆《もろ》さも受け入れ、受け入れた上でマウンドに立つ。それなら、できる。できるようになりたい。

「おれはな、瑞希、おまえにいっぺん言いたかったんや。おまえぐらい他人をムカつかせるやつは、おらんでな。ほんまノーベル賞もんやでの」

「あほくさ。それ、おまえのことやないか。おれは、赤ん坊のころから、ずっとおまえにムカついとったんや」

「へぇ、あーそうですか。それで、そんな顔になったわけや」

「ほっとけ。他人の顔がどうこう言える面かよ」

まだ言い合っている二人に胸の内で、ただ一言、語りかける。

ありがとう。

「もう、いいかげんにしてもらえんかな」

咳払《せきばら》いとくぐもった声がした。背後に藤野が腕組みをして立っていた。

「おまえらが仲良うケンカするんは勝手やけどな。まだ、練習中なのを忘れてもろうたら、困るんやけど」

「あっ、すみません」

瑞希が頭を下げる。良治は、肩を竦《すく》め舌を出した。

「まだ五番まで済んだだけや。作楽、もうちょい頼むで」

ように楽しい。

「はい」

楽しい。ここで野球がやれることが、このメンバーで野球をすることが、浮き立つように楽しい。

「よしっ、じゃあ、また受けるぞ」

瑞希が右手のこぶしで左の手のひらを叩いた。

いい音がした。背筋がすっと伸びるようないい音だ。

「透哉」

「うん？」

「打った瞬間、手のひらにビンッときた。ええ球やったぞ」

「うん」

「けどやっぱ、ミットで受けたときの方が何倍もビンッてくる。おれ、おまえのキャッチャーでよかったで」

こんな率直な賛辞にどう答えたらいいのだろう。

ありがとう。

やっぱり、その一言しか浮かんでこない。

ありがとう、山城くん。

ありがとう。

瑞希の背中を見詰めながら、透哉はその一言を噛《か》みしめた。

五章　グラウンドの詩

バスから降り立ったとき、微《かす》かな潮の香りを嗅《か》いだ。

嗅いだ瞬間、瑞希は母の味噌汁《みそしる》を思い出した。ワカメと長ネギの味噌汁だ。口の中に生唾《なまつば》がわく。

「やっぱ、海が近くやと海の匂いがするもんやな」

思わず呟《つぶや》いていた。

「当たり前や。海の近くでジャングルの匂いがするかいな」

すかさず、良治がつっこんでくる。

「ジャングルの匂いって、どんなんや」

「知るかい。行ったことなんかねえもん。けど、茂った山に似てるんとちがうか。うーん、なんかビミョーな匂いやな」

良治の鼻孔《びこう》が膨らむ。瑞希も深く息を吸い込んでみた。

明後日《あさって》から、中学校野球選手権全国大会が始まる。会場は、海に近い美しい都市だった。美しいと感じたのは空の色のせいかもしれない。瑠璃《るり》色とでも呼ぶのだろうか、緑を帯びた深い青空が頭上に広がっていた。野球に相応《ふさわ》しい色に思えた。

八頭森からバスで約七時間。瑞希たちは全国大会が開催される地に立ったのだ。正直、まだ、実感がわかない。確かに嗅いでいる潮の香りさえも、幻のように感じられた。いや、潮の香りがよけいに、現実味を薄めている。

四方を山に囲まれた八頭森で生まれ、育った。コンビニ、ゲームセンター、ファストフード店、煌々《こうこう》と輝く夜の街並み……無縁なものは数多くあるけれど海の匂い、潮の香りはその最たるものかもしれない。

耳をすませてみる。

潮騒が聞こえるかと思ったのだ。

聞こえたのは風の音だった。

宿舎となる青少年のための宿泊施設は、海辺からかなり離れ、都市部からも遠い、良治曰《いわ》く「まぁ、中途半端な所に建っとるよな。バブルのころ、テキトーにぶっ建てた感がぷんぷんするで」というものだった。市内のホテルに比べると宿泊費は格安だったが、くすんで所々ひび割れた外壁を見ただけでも、その値段は当然だと思われた。これも良治曰く「うわっ、いくらなんでもショボ過ぎ」る建物だった。

「良治、ふざけんな。八頭森のみんなのおかげでここまで、来れたんぞ。文句なんぞ言うたら舌を引っこ抜くぞ」

　間髪をいれず監督に一喝され、良治が身を縮める。

　確かにその通りだ。

　たくさんの人たちの助力のおかげで、ここに降り立つことができた。バスは、和江たちの働きかけで町が調達してくれたし、寄付金も思いの外、集まったと聞く。

「決勝戦まで進んだかて、十分なだけの額が集まったで」

　つい三日ほど前、和江が得意げに言った。

「あんたたちは何の心配もいらん。ふふん、これが大人パワーってもんや。どうや、どうや。ふふふんふん」

　和江は腰に手を当て、胸を張った。

「はいはい、わかりました。たいしたもんですよ」

　わざと軽くいなしたけれど、息子たちを全国大会に送り出すために、和江たちがどれほど尽力してくれたか、奔走してくれたか、肌で感じている。ありがたいと思う。

　もしかしたら、『何の心配もいらん』という一言は、子どもに余計な気遣いをさせまいとする親としての配慮かもしれない。大人の肩には、金銭的な面も含め重い負担が圧《の》し掛かっているのかもしれない。けれど、もうぐちゃぐちゃ考えるのは止めよう。

　それは大人の問題として、大人が引き受ける。

母たちは力強く、告げてくれた。今は、その強さに甘えよう。

「それにな、瑞希」

胸を張った後、和江がすっと小声になる。

「作楽のお婆ちゃんが、ようけ寄付をしてくれたんよ」

「作楽の婆さんが？」

「そうなんよ。これまで、寄付なんて無駄金びた一文出さんって言うてた人が、ぽんと……正直、それで宿泊費が賄える目処《めど》がついたんよね」

「ほんまか」

「あんたに嘘ついたって、何の得にもならんわ」

「そうか。じゃあ、透哉のおかげなんかな」

「うーん、そうやね。うちらもそう思うたんやけど……でも、違うんやないかなぁ」

「違うって？」

うーんともう一度唸《うな》り、和江が首を傾げた。

「いや、そりゃあまぁ、孫が可愛いってのは絶対、あると思うけどなぁ。孫でなくても、透哉くん、可愛いし。お人形さんみたいで、なんちゅうの繊細って感じで、その子がピッチャーなんやもの。もう見てるだけで胸キュンキュンやなあって、みんなで盛り上がってんのよ。もう、ほんま八頭森のアイドルやわ」

「おかん、胸キュンキュンなんて他所《よそ》で言うな。気持ち悪い。それと話をあちこちさせんな。作楽の婆さんの何が違うって？」

「まぁ、あんたってほんまイラチやなあ。そんなんで、キャッチャーなんて務まるんかしら。まぁええわ。だからな、うちがお婆ちゃんから寄付金の袋を受け取ったんやけど。すごいやろ、封筒に入っとんやで。ぴらぴら一枚お札やないんやで。うち、ちょっとびっくりしてしもうて、『お婆ちゃん、こんなにしてもろうてええの？』って尋ねたら、お婆ちゃんな首を振ってな、『ええんや。これでお金の活《い》きた使い方ができるし』って言わはったんや。お金の活きた使い方やて。お婆ちゃん、たんとお金は持ってるかもしれんけど、その使い道を今まで知らずにきたんやなぁって、つくづく思うたわ。あんたらのおかげで、たぶん、わかったんやないの。透哉くんも含めてあんたらが全国大会に行くために使うんやったら、惜しゅうないってことが。お婆ちゃん、惜しゅうないお金の使い道をずっと探してたんやないかなぁ」

「そういうもんか」

「そういうもんや。お婆ちゃん、うちに、応援に連れて行ってもらえるかって頼むんよ。『みんなの晴れ姿を見たいで、お願いします』って。透哉くんだけじゃなくて、みんなって言うたよ」

和江が目を細め、呟く。

「人間って何歳になっても変わるんやなぁ。しみじみ感じたわ」

そうなんだろうか。

人は幾つになっても変化する生き物なのだろうか。

瑞希にはわからない。わかっているのは、大人たちの想いや努力や心意気に支えられて、ここに立っていることだけだ。

それだけは忘れない。

そして、これからの大舞台で思いっきり野球をする。

今の瑞希にできることは、それだけだった。

「よーし、各自、バスの中で配った部屋わりの通りに、いったん部屋に入れ。十五分後に、練習用ユニフォームでここに集合」

鉦土監督が大声で指示を出す。いつもより張り詰めているのは、高揚感からだろう。

「部長先生とキャプテンは組み合わせ抽選の会場に直行、残りは練習場に向かう。練習場は開会式が行われるメイン球場やぞ」

そこで、監督はにやりと笑った。

「えらくりっぱな球場だぞ。おまえら、びびるなや」

ざわり。空気が揺れた。瑞希の胸の内も揺れた。

びびるほどりっぱな球場で野球ができるわけか。

夢みたいだな。何だか……。

監督の口調が再び、引き締まる。

「明日《あした》は開会式の予行が入るので練習はできん。今日が試合前の最後の練習になる。そのことを胆《きも》に銘じておけ」

「はい」

部員たちが一斉に答えた。

声は風にさらわれることなく、青い空にくっきりと響いた。

開会式の会場となる市営球場は、市街地のほぼ真ん中にある運動公園の施設の一つだった。去年造られたばかりで真新しく、どこもかしこも輝いて見えた。

これならプロの試合にでも使えるんじゃないか。

透哉の背後で、誰かが呟《つぶや》いた。少し臆《おく》したような声だった。

確かに白亜の外壁も、ブロックごとにイスの色を違えてあるスタンドも、そびえるバックスクリーンも、都市部の球場を多く見てきた透哉さえ威圧感を感じるほど、りっぱだった。

「練習時間は各チーム一時間と決められている。ぐずぐずしとるとすぐ終わってしまうぞ。まずは、駆け足でグラウンドを一周。それから、すぐに守備練習に入る。いいな、こんなグラウンドで試合ができるんやぞ。おまえら、最高の幸せ者だ。それだけは忘れるな」

監督の言葉に、透哉は胸の内で深くうなずいていた。

その通りだ。その通りだ。

この球場で、八頭森東のみんなと一緒に野球ができる。

透哉はグラウンドを走りながら、何度もマウンドに目をやった。

あの場所から、山城くんに向かって投げることができる。

何という幸せだろう。

自分が幸せであることを、幸運に恵まれたことを忘れまいと思う。


「ばあちゃん、ありがとう」

八頭森を出発する前夜、祖母にそう声をかけた。

「え？　何やて？」

キッチンのテーブルを拭《ふ》いていた祖母が振り返り、瞬《まばた》きする。

「今……ありがとうって言うたか」

「うん」

「何でお礼なんか言うん。ばあちゃん、あんたに何ぞええことしてあげたかの？」

「いっぱいしてくれたよ。してくれたけど……一番は、おれをこの家に呼んでくれたこと。ここに住んでもいいって、言ってくれたこと……かな」

布巾《ふきん》を握ったまま祖母がかぶりを振る。

「そんなの当たり前やないか。あんたは、うちの孫やで。孫と一緒に暮らせるなんて、うちの方こそ、ありがたいて思うとるよ」

透哉は僅《わず》かに首を傾げ、黙り込んだ。

どんな言葉を使えば、祖母にこの思いを伝えられるだろう。もたもたとしかしゃべれない自分が、もどかしい。

ばあちゃん、ありがとう。

おれを受け入れてくれて、ありがとう。

山城くんたちと出逢《であ》わせてくれて、ありがとう。

野球を続けるきっかけを手渡してくれて、ありがとう。

祖母がいたから八頭森に来ることができた。瑞希たちと出逢うことができた。野球を諦《あきら》めないですんだ。

感謝、ばあちゃん。

祖母がふうっと息を吐いた。

「えらい格好ええんやてな」

「うん？」

「おまえが野球しとる格好。ばあちゃんにはようわからんけど、マウンドってとこからボールを投げてるんやろ」

「……うん」

「そのボールを投げとる姿が格好ええって、山城の嫁が言うてた」

山城の嫁が瑞希の母親を指すのだと気づくのに、しばらく時間が要った。小太りで、賑《にぎ》やかで、元気で、よく笑う中年の女性と、嫁という単語がしっくりと結びつかない。

「うちも応援に行ってもええかな」

布巾を摑《つか》んだまま、祖母が見上げてくる。

「みんなが、うちも連れて行ってやるて言うてくれたんよ。一緒に応援しようって、声を掛けてくれた。うちは……」

透哉は祖母を見詰める。祖母の声に耳を傾ける。

「うちは、あんたがボールを投げているとこを見てみたい。野球なんてもの、さっぱりわからんけど、でも、あんたを……あんたとあんたの仲間を応援したい。一生懸命、応援したいんや」

「うん。応援に来て」

透哉の一言に、祖母が笑った。皺《しわ》だらけの小さな顔が輝いた。幸せな人の笑顔だった。

野球は人を傷付ける。

八頭森に来る前に、身をもって体験した。

鋭利な刃物が人の肉を裂くように、人の心を傷付ける。

野球と本気で向き合おうとすることは、自分の限界を突きつけられることでもある。

自分が勝つことは、誰かが敗れることでもある。一人の勝者の後ろには、無数の敗者が存在するのだ。

……嫌だった。ほんとに、嫌だった。おまえにも野球にもうんざりだ。けど……。

飯田《いいだ》折斗《おりと》の声が聞こえてくる。

今でも時折、耳の奥に響くのだ。

野球に傷付けられた者の呻《うめ》き声だった。

野球は人を傷付ける。けれど同時に幸せにもするのだ。

それを透哉は八頭森で知った。知ることができた。野球が与えてくれる幸福も傷も全てを引き受けてマウンドに立ちたいと思うことができた。自分がどれほど野球を好きなのか気付くことができた。

マウンドを見る。

昼下がりの光に煌《きら》めいていた。

いつだって、眩《まぶ》しい場所だ。

「行くか、透哉」

瑞希がボールを手渡してくれる。真っ白な試合用の一球だった。

「守備練習の前に、マウンドで投球練習や」

透哉の返事を待たずに、瑞希は駆け出し、ホームベースの後ろに座った。

ユニフォームが光を弾《はじ》く。

透哉は手の中のボールに視線を落とした。それもまた、白く淡く発光している。

風景は光に満ちていた。光の中心にマウンドがある。

「よーしっ、透哉、来い」

瑞希の声がこだました。透哉はボールを握りマウンドに立つ。

「透哉、最初からとばすな。ゆっくり肩を慣らせ」

すかさず鉦土監督の声が飛んだ。

最初はゆっくりと、徐々に力をこめて球を投げる。ただ、時間はあまりなかった。

いつものように、たっぷりと投げ込むことはできない。透哉は一球ごとにマウンドの感触を身体に染み込ませた。次にここで投げるときは、試合の直前だ。

全国大会のマウンドだぞ。

誰にともなく語りかける。誰に？　自分自身にだろうか。それとも、野球そのものにだろうか。

染み込め、染み込め。この光の眩しさを、土の匂いを、ミットの音を、風の心地よさを、ひとつ残らず身体に染み込ませろ。

結局、三十球ちかく投げることができた。

最後の一球を全力で投げた。瑞希のミットがしっかりとその一球を捕らえてくれた。満足だ。

「どうだ。ここのマウンドは」

鉦土監督が聞いてくる。けっこう、真面目な表情だった。

「はい……」

「うん？　よかったのか、そうでもなかったのか？」

「それは……」

透哉にとって、マウンドはマウンド。それが、新設された球場の本格的なものであっても、中学校のグラウンドの小さな土の盛り上がりであっても、大切な場所だった。変わりはない。

「投げやすかったか？」

鉦土監督が重ねて問うてくる。

「はい。とても……」

　嘘ではなかった。何も考えず、一心に投げることができた。瑞希のミットがくっきりと目に映った。試合が始まれば、マウンドは過酷な場にかわる。でも、今は優しく美しい。

「監督、透哉の調子は最高です。心配せんでええですよ」

　瑞希が小さく笑いながら、透哉の代わりに答えてくれた。

「そうか」

　ほっ。監督が安堵《あんど》の息を漏らす。

「何てったって、うちには使える先発ピッチャーが一人しかいないんやからの。透哉に調子を崩されたらお手上げやからな」

　諸手《もろて》を挙げた監督に向かって、瑞希が親指を立ててみせた。

「だから、だいじょうぶですって。百パーセント、問題なし」

「ほぉ、えらい自信やな、瑞希」

「透哉の調子はおれが一番、わかってます。本人よりわかってますから。何てったって、毎日、こいつの球を受けてんだから」

　監督が顎《あご》を引き、目を細める。細めた目で瑞希を凝視する。

「瑞希、おまえ……、うん、前から言おう言おうって思うてたんやけどな、このところ、ほんまにキャッチャーらしゅうなったなぁ。やっぱりほんまもののピッチャーがいてこそ、キャッチャーはほんまもののキャッチャーになるんやの。つくづく感じ入ったで。それとな、透哉も」

「はい」

「ここにきて、ぐっと球威が増したやろ。自分でもわかってるな」

「はい」

うなずく。コントロールこそ時に乱れるが、球そのものの力は確実に増している。投げることで自分の中に力が生まれ、その力をボールに託してまた、投げる。その力を実感できた。

監督が大きく二度、首を縦に振った。

「人の出逢《であ》いってのは、運命やからな。自分の努力や才能だけではどうにもならんとこが、ある」

「は？　監督、どうしたんですか、急に。そんな真面目なこと言うて」

「あほ。おまえの言い方やと、おれが真面目でないように聞こえるやないか。おれほど真面目な監督&教師はおらんぞ」

瑞希が肩を窄《すぼ》める。

「ええか、おまえらは、ピッチャーとキャッチャーや。お互いのおかげで、ピッチャーとキャッチャーになれたんやぞ。そのことを忘れるな」

「けど、監督、おれらずっと前からピッチャーとキャッチャーやってましたけど」

「まあな。しかし、今とは違うやろ。実力も心構えも気分もな。おまえらが出逢う前と後の野球について、ちょっと考えてみろや」

瑞希と顔を見合わせていた。

瑞希と出逢う前……。野球から遠ざかろうとしていた。目を背けようとしていた。何もかもを野球のせいにして逃げることばかり考えていた。ピッチャーなんてものじゃなかった。マウンドに足を向けることすらしなかった。

もう一度、顔を見合わせる。

「出逢う前と後じゃ、えらい違いやろ」

監督がにやりと笑った。はいと瑞希が答えた。

「えらい違いです」

「だろう。だから、おまえらは運がええんや。自分の力を引き摺《ず》り出してくれる相手に出逢えて、バッテリーを組めた。球を投げるのが受けるのが、心底楽しいて思える相手とバッテリーになれたんやぞ。どんだけ運がええんや。神さまでも仏さまでもええけど、ちゃんと感謝しとけよ」

そこで、もう一度、監督は笑った。どこか不遜《ふそん》な笑みだった。

「八頭森東は一回戦で消えるて、言われてるそうや」

瑞希の横顔が引き締まった。

「え、そんなことを誰が言うたんです」

「誰でもええ。たいていの者はそう思うてるみたいや。田舎《いなか》の、選手の数もぎりぎりの小さなチームが全国大会に出場できただけでも奇跡のようなもんや。全国の舞台で一試合でも勝てるわけがない。そんなふうに、おれたちは思われているわけだ」

監督が指を握り込む。こぶしで瑞希と透哉の胸を軽く叩《たた》いた。

「やってやろうで。一試合どころか勝ち続けて、頂点を狙ってやろうじゃないか。このチームなら絶対にできる」

「はい」

瑞希と透哉の声が重なった。

「頼むぞ、最強バッテリー」

「はい」

再び、重なる。監督は満足気に胸を張った。

「最強バッテリーか」

ベンチ前で汗を拭《ぬぐ》いながら、瑞希がにやりと笑う。

「何か、かっこええよなぁ」

「……かな」

「無茶苦茶、かっこええよ。でも、かっこだけやなくて、おれら、ほんまに今大会最強のバッテリーになろうぜ」

瑞希がこぶしを突き出す。透哉もこぶしを握り、軽く当てた。

瑞希はいつも、自信に満ちている。

だいじょうぶだ、おれたちならやれる。

そんな声を透哉は確かに聞くのだ。瑞希の声を、言葉を、重荷に感じたこともあった。今でも少し重いかもしれない。

透哉は〝最強〟など望まない。もっと言えば、試合に勝ちたいともそれほど強く望んでいない。

マウンドに立ち、渾身《こんしん》の一球を投げられる。それを受け止めてくれるミットがある。もうそれだけで十分だと、思ってしまう。

だけど、瑞希はそうではない。

透哉といっしょに、さらに強くなろうとする。強くなれると信じている。透哉の球にどこまでも広がる可能性を感じている。そんな相手に初めて出逢ったのだ。無条件に、何の見返りもなく、他人に信じてもらえた。それは透哉にとって、重荷でもあり、確かな支えでもあった。

どんだけ運がええんや。

ついさっき言われたばかりの監督の一言。それを反芻《はんすう》する。

どんだけ運がええんや。


「山城くん」

振り返った瑞希が、不意に眉間《みけん》に皺《しわ》を寄せた。

「言うな」

「は？」

「今、ありがとうとか言おうとしたやろが」

「え……」

透哉は唇を結んだ。

どうなんだろう。おれ、山城くんを呼んで、その後、何を伝えようとしたのだろう。

「あれ、違った？　違うんならええけど」

瑞希の黒眸《くろめ》が戸惑うかのように、左右に揺れた。

「おれ、透哉にありがとうとか言われたら、なんつーか、こうもやもやして、居場所がなくなるみたいな……こういうの、何て言うのやったかな。えっと……」

「いたたまれない？」

「あっ、それそれ。いたたまれんような気分になるんや。なんか、すげえご馳走《ちそう》を腹いっぱい奢《おご》ってもろうたのに、反対にお礼を言われたような……どうしてええかわからん気持ちになる」

「あ……なるほど」

「だから、もう絶対に、ありがとうなんて言うな。今度、言うたら」

「言ったら？」

「うーん、缶コーヒー一本、奢らせるかな」

「言う度に缶コーヒー一本？　ちょっと、きついな」

笑ってみる。瑞希も笑う。

「おい、次のチームの練習が始まったぞ。早《はよ》う引き揚げろ」

鉦土監督が急《せ》かすように手を振った。

「おっと、もうそんな時間なんや。透哉、急げ」

「うん」

ベンチに置いた荷物に手を伸ばしたとき、背中がざわりと震えた。

見られている。

他人の視線を感じる。針の先で突くような、視線だ。

透哉は背筋を伸ばし、ゆっくりと振り向いた。

グラウンドがある。

潮の香りのする風が、僅《わず》かに吹き通っている。

縦縞《たてじま》のユニフォームを着た選手たちが、グラウンドに散らばっていた。さっき、八頭森東のメンバーがしたように、選手たちは自分のポジションでノックを受けている。

「よっしゃあ、次」

監督のバットからボールが放たれ、地面に激しく打ちつけられる。サードが飛び出した。バウンドにきっちりタイミングを合わせ、ボールをすくいとる。何の危なげもない動きだった。

「よしっ、その呼吸を忘れるな。次っ」

さらに強いバウンドのゴロがグラウンドに転がる。今度はショートが前に出た。やはり、滑らかな動きで捕球し、一塁へと投げる。

鍛え上げられたチームだと、一目でわかる。

「透哉？　どうした？」

瑞希が背後から声をかけてきた。

「引き揚げるぞ。みんなもうバスに乗ったでな」

「山城くん、このチーム……」

「うん？」

「何てチームか、わかる？」

瑞希が首を傾げた。

「監督に聞けばすぐわかると思うけど……。どうしたんや？　このチームが気になるんか？」

瑞希は目を細め、グラウンドを見やった。

打球が一塁方向に高く上がる。それを追いかけてキャッチャーが走る。ぎりぎり伸ばしたミットに白いボールが吸い込まれていった。

三塁側ベンチからではキャッチャーの顔つきまでは窺《うかが》えないが、動作の俊敏さは容易に見てとれる。

へぇと瑞希が感嘆の声を漏らした。

「よう動くな。なかなかの守備やないか」

「うん……いいチームだな」

「全国大会やもんな。ええチームばっかり集まってる。けど、おれたちだって負けちゃおらんやろ」

「うん」

瑞希の言う通りだ。

八頭森東の守備陣の動きは、目の前のチームに決してひけをとらない。それは、マウンドに立つ透哉自身が誰より理解している。後ろに、あの守備陣が控えていると思えばこそ、何を臆《おく》することもなく球を放つことができた。

負けてはいない。劣りはしない。五分と五分。互角の力はあると感じる。しかし、透哉が気になったのは野球の実力云々《うんぬん》ではない。


八頭森を発《た》つ前日、ミーティングの最後をしめくくり、鉦土監督が部員たちに告げた。

「相手のチームの特徴や弱点、逆に強みを知ることは必要や。けど、それはあくまで情報にすぎん。野球ってのは人がやるスポーツや。こら、良治、当たり前やみたいな顔をすんな。素直に話を聞け」

名指しされた良治が肩を竦《すく》め、舌の先を覗《のぞ》かせる。

「ええな、何度も言うたことやけど、もう一度、おまえらに念を押しとく。野球は、機械やない人間のやるスポーツや。人間がやる以上、何がどうなるか、どこでどう変わるか予想がつかんことがままある。四割近く打っていた強打者がその試合ではまったく打てんかったり、ホームラン性の当たりが風に押されて外野フライになったりもする。控えだったピッチャーが意外な好投をみせたり、エースが突然崩れたりもする。だから、こら、良治、欠伸《あくび》をすんな」

「監督、なんで、おればっか注意すんですか。瑞希だって、『腹減ったな。早う家に帰って飯が食いたいし眠いし。このミーティング、いつまで続くんやろか』って顔してるやないですか」

瑞希が顎《あご》を引き、瞬《まばた》きする。

「アホぬかせ。おれは、そんなこと考えとらんぞ。監督の話を真剣に聞いてたんや」

「嘘つけ。瞼《まぶた》が半分、垂れ下がっとるぞ」

「あぁもう、うるさい。二人とも黙れ。わかった、結論だけ言う。人のやる野球の試合は、資料や情報だけでは測れんもんなんや。数字だけで表せるもんやない。チーム同士の相性みたいなんもある。ぶつかってみて初めてわかることが多いんや」

「要するに、おれたちはおれたちの野球をやればええんですよね」

良治が口を挟む。監督の口元が歪《ゆが》んだ。

「良治、話の核心をさらっと言いやがって」

「あっ、すみません」

良治がひょこりと頭を下げる。鉦土監督はその頭を平手で叩《たた》くと、苦笑いを浮かべた。

「良治の言うた通りだ。おまえたちはおまえたちの野球をやる。どんな場所でもどんな場合でも、自分たちの野球をやる。それが勝ち抜いていくたった一つの道だ。よう胆《きも》に銘じておけや」

「おっ、かっこよく決まりましたね。監督」

Vサインを突き出す良治の頭を監督はもう一度、音高く叩いた。

野球とは相手チームではなく自分たちと戦うスポーツなのかもしれない。不安や怯《おび》えやわだかまりや……その他諸々《もろもろ》の思いを抱えながら、それでも自分たちの野球を仲間と共に目指していく。そのための戦いを強いるスポーツなのだ。

このごろ、透哉はその思いを実感とすることができた。この大会でも、どこかのチームを特に注視する気はさらさらなかったのだ。

自分たちの野球を貫く。目標はそれ一つだ。

それは瑞希も良治も、他の部員たちも同じだろう。だから瑞希は、他校の練習に見入る透哉を、いぶかしんだ。

何がそんなに気にかかるのだと。

透哉はかぶりを振った。

野球ではない。視線だ。

後ろ手にそっと背中を押さえてみる。さっき、ここに感じた視線はもう、跡形《あとかた》もない。

気のせいか？　いや……。

他人の視線や言葉には敏感すぎるほど敏感で、ときに、実体のないそれらに肌を焼かれるようにさえ感じてしまう。しかしこのところ、そういうひりひりする感覚とは無縁でいられた。大らかな人々に囲まれて生きていける幸運にも恵まれたのだけれど、透哉は自分自身が少し図太くなったとも思う。逞《たくま》しくなったと思えるのだ。多少の視線も言葉もはね返す。あるいは、受け止める。そういうことができるようになった。野球がある。マウンドがある。自分のためのミットがある。

これ以上望むものも、恐れるものもない。

もう一度、背中を押さえてみた。

エースナンバー〝1〟が、指先に触れる。

気のせいではない。誰かが、確かに見ていた。

でも、まぁいいか。

透哉は一つ、息を吐く。

さっきの視線には、悪意や憤怒《ふんぬ》はふくまれていなかった気がする。

誰かが、ただ、まじまじとこの背中を見詰めた。

それだけのことだ。

「まぁ、いいか」

声に出してみる。どういうことのない一言なのに、なぜかおかしい。まぁいいかと振り切ることのできる自分がおかしくもあり、頼もしくもあり、不思議でもある。

「透哉、もう行くぞ」

瑞希が呼ぶ。

「あ……うん」

スポーツバッグを肩に掛け、再びグラウンドに背を向ける。視線はぶつかってこなかった。それっきりだった。まぁいいかと振り切ってしまえば、何ほどの引っ掛かりにもならない。宿舎に帰り着いたころには、透哉は視線のことなどきれいに忘れ去っていた。


「北一松《きたいちまつ》中学校なんやと」

夕食の席で瑞希にそう告げられたとき、透哉は「え?」と聞き返してしまった。瑞希がエビフライを口に放り込み、何度か嚙《か》んで飲み下す。

「あぁ……今日の」

「そう、おまえ、知りたがってたやろ」

瑞希が手の甲で口の端を拭《ぬぐ》った。

「うん。けど……わざわざ調べてくれたんだ」

「調べるって言うほど大袈裟《おおげさ》なもんやない。おれたちの次に練習してた学校はどこですかって、監督に尋ねてみただけやで。それでな、えっと……あ、これだ。ほい」

青い表紙の冊子が、味噌汁《みそしる》の椀《わん》の横に置かれた。

「監督から借りてきた。大会要項やて。最後の方に、出場校や選手の名前が載ってる。ベンチ入りした選手、全員が載ってるってよ」

「ありがとう」

透哉は冊子の上に手を置いた。

「あ、やった。早速、缶コーヒー一つゲットやな」

瑞希がにやりと笑い、ガッツポーズを示した。

「え？　あ、でも今のをカウントするのは……ちょっと、おかしいと思うけど……」

「だめだめ。約束は約束やからな。缶コーヒー、奢《おご》りやぞ」

「えっ、なに、誰が缶コーヒー奢ってくれるって？」

良治が瑞希を押しのけて、顔を覗かせる。

「透哉が奢ってくれんのか。それなら、おれにも頼むで。あっでも、おれ、どっちかっつーと、缶コーヒーより紅茶の方が好みなんやけどな。奢ってくれるんなら文句、言わんけど」

「おまえは、関係ない。引っ込め」

瑞希が良治の額を叩く。いい音がした。

「おっ、さすがに中が空っぽやと、音がええ具合に響くな」

「瑞希、おまえに、他人《ひと》の頭のことがあれこれ言えるんか。脳ミソの代わりに豆腐が詰まっとるくせに。あっ、瑞希の脳ミソなんかと豆腐をいっしょくたにしたら、山口豆腐店に申し訳ないか」

「え？　おれん家《ち》が、どうしたって？」

テーブルの向こうに座っていた山口利洋が首を伸ばす。

「何でもない何でもない、気にすんな。良治……おまえなぁ、あまり調子に乗んなよ」

「へっ、調子乗りはどちらさんですかねぇ。試合の当日、調子乗り過ぎてグラウンドで転《こ》けんなや。かっこ悪過ぎやぞ」

「おまえこそ、キンチョーし過ぎてぶっ倒れるんじゃねえのか」

瑞希と良治のやりとりを誰も止めようとしない。気にしてさえいないようだ。

透哉は冊子を手に取りぱらぱらとページをめくった。

大会規定や理念、会場となる総合グラウンドの案内、注意事項、大会組織の説明、過去の優勝校……。瑞希の言ったように最後の数ページに今大会出場校と選手の名が記されていた。

北一松中学校。

北陸代表の学校だ。初出場とある。透哉にはまったく馴染《なじ》みのない名前だった。

あの視線を思い出す。背中を見詰めてきた視線を。突きさるのではなく、激しく打つのでもなく、けれど、確かに伝わってきた眼差《まなざ》しだった。

「あっ」

思わず声が漏れた。

瑞希と良治が同時に、透哉へ顔を向ける。

「どうした？　何かあったんか？」

「うん……」

曖昧《あいまい》な返事の後、言葉が続かなかった。指先が震える。

「透哉？　ほんまに、どうした？」

瑞希が身を屈《かが》め、覗《のぞ》き込んでくる。

「……あの」

透哉が答えようとしたとき、鉦土監督が立ち上がった。

「みんな、食事は終わったか。終わった者から片付けろや。このままミーティングに入るからな。一試合目の対戦相手を発表するぞ」

どよめきが起こる。

「どこですか、監督。焦《じ》らさんでください」

「そうや、そうや。早《はよ》う発表して欲しいで」

「うわぁ、何かどきどきしてきた」

口々に騒ぎ始めた部員を監督が一喝する。

「静かにしろ！　このくらいのことで騒ぐようでどうする。おまえらは、全国大会に出場するチームの選手なんやぞ。軽々しく騒ぐような真似をするな」

室内が静まる。

聞こえてくるのは、風に鳴る窓ガラスの音だけだ。鉦土監督は視線を巡らし、大きくうなずいた。

「第一試合の相手は、四国ブロック代表の西鳴川《にしなるかわ》学園だ」

再びどよめきが響く。

「西鳴川学園って……ダントツ優勝候補やなかったか」

「二年前にも全国制覇しとるはずやぞ」

「うっそーっ。そんなとこと当たったんかよ」

ささやきがあちこちで起こったけれど、先ほどのような騒ぎにはならず、いつの間にか薄れ消えていった。

「びびったか」

鉦土監督が口の端を持ち上げた。今日の昼間と同じ、あの不遜《ふそん》な笑みが作られる。

「八頭森東対西鳴川学園。この組み合わせなら十人の内八人、いや、九人までが、西鳴川の勝ちを予測するやろな」

誰も答えない。身じろぎさえしなかった。

「けどな、野球の試合だけはやってみないとわからんもんや。何度も言うけどな、最初っから勝敗の決まっとる試合なんて、どこにもないんや。相手は優勝候補の筆頭や。それだけプレッシャーも抱えとるやろ。勝って当然と思われとる試合に勝つのは、案外に難しいものや。逆に、負けて当たり前と思われとるのなら、何にも失うものはないわけで、好きなように野球ができる。おまえら、全国大会の舞台で、好きにプレイできるわけや。最高やぞ」

瑞希がちらりと透哉を見やる。透哉は冊子を差し出した。地方大会での、各チームと選手の打率、防御率、平均得点と失点、エラー数が細かな数字で記録されている。

瑞希は受け取り、西鳴川学園のページに視線を落とした。

クリーンアップを核とした攻撃型のチーム。

数字の上からは、そんなチームカラーが見て取れた。ピッチャーの立場からすれば、手強《てごわ》い敵となるチームだ。

「相手にとって不足はないってとこやな、透哉」

「うん……だね」

瑞希も透哉も声音はいつも通りだったが周りが静まっている分、よく通った。部員たちの視線がいっせいに、二人に向けられる。

くすっ。良治が笑った。

「うちのバッテリー、えらい自信やで。これなら、だいじょうぶやな。優勝候補だろうが、チャンピオンだろうが、横綱だろうがどんと来いや」

空気がふるっと緩む。拍手や笑い声があちこちで起こった。

「我がチームのバッテリーは、ほんまに頼もしいな」

鉦土監督が顎《あご》を上げ、からからと哄笑《こうしょう》した。


開会式が終わった。

晴天と呼ぶには雲が多過ぎたけれど、光は存分に地に注いでいた。八頭森東はこのまま、この球場の第二試合で西鳴川学園と戦う。

球場の周りは木々の多い運動公園になっている。銀杏《いちょう》並木の道を挟んで、もう一つ、やや小振りなサブ球場があった。そこでも、試合が行われる。球場横にはサッカースタジアムや体育館、市民プールなども設けられて、まさに運動のための空間ができあがっていた。

透哉は銀杏の葉の間から差し込む光に目を細めた。夏の光は剛力だ。雲を貫いて、地上まで届く。

暑くなる。

マウンドは樹下より遥《はる》かに暑い。炎熱の場だ。アンダーシャツが汗で身体にはりつく。そのアンダーシャツのいたるところに汗の塩分が結晶となって白くはりつく。光は熱の刃となり、風は焔《ほむら》に似て肌を炙《あぶ》る。

そういう場所にもうすぐ立てる。

そういう場所でボールを握ることができる。

そういう場所から、一球を放てる。

もうすぐだ。

「透哉」

瑞希に呼ばれた。瑞希は首に巻いたタオルで額を拭《ふ》くと、怪訝《けげん》そうに首を傾げる。

「どうした？　もうすぐ試合前のミーティングが始まるぞ」

「うん……」

「八頭森からの応援団、盛り上がっとるぞ。横断幕まで用意しとる。たぶん、うちのおふくろなんかが作ったんやろな。作楽の婆ちゃんもメガホン持って、みんなといっしょに応援の練習やってたで」

「あ、田上くんのお母さんは……」

「うん、来てる。ちょっと痩《や》せてたけど元気そうやった」

「そうか……」

透哉は軽く唇を噛《か》み、銀杏の幹を軽く撫《な》でた。

「山城くん、おれ、少しミーティングに遅れるかもしれない」

どうしてだと、即座に問われるかと思った。しかし、瑞希はしばらく無言のまま、
透哉の前に立っていた。

銀杏の葉が一枚、緑のまま落ちてくる。

「誰かと会うのか」

顔を上げる。少し驚いた。

どうして、わかったのだろう？

「昔の知り合い。どうしても会いたくて……」

瑞希が笑った。楽しげな笑い声が漏れる。透哉は少し戸惑っていた。

「おれ……笑うようなこと言ったっけ？」

「昔」

「え？」

「昔の知り合いなんて言い方、えらく年寄り臭いぞ」

「あぁ……」

言われればそうかもしれない。まだ十四歳だ。昔を背負うほどには生きてはいない。しかし、やはり昔だった。八頭森に来る前の日々は、全て遠い過去に思えてしまう。だから、懐かしい。だから、会える気がする。

「行って来い。監督には事情を話しとく」

それだけ言うと瑞希は背を向けて、足早に去って行った。背番号2の背中が木陰に消えるまで見送り、透哉はサブ球場に足を向けた。

北陸ブロック代表北一松中学校は、サブ球場での第一試合に出場する。出入り口付近は、思いの外大勢の人々でごった返していた。青い縦縞《たてじま》のユニフォームが集まっているあたりに目をやる。必死に探す必要はなかった。集団の中から一人の少年が抜けて、透哉に向かって歩いて来たのだ。

透哉は立ち止まり、少年が近づいて来るのを待った。

「久しぶり、だな。作楽」

「うん」

「まさか、全国大会で作楽に会うなんて思ってもいなかった。昨日、グラウンドで見て……びっくりした」

「うん」

「野球、ずっとやってたんだ」

「止めなかった」

飯田折斗は目を伏せ、ぼそぼそと言葉を続けた。

「ビッキーズを辞めてから、本気で野球と縁を切るつもりで……でも、辞めてみて、おれ……野球が好きだって気が付いた。親父に言われたからじゃなくて、好きだったから野球をやりたかったんだって、やっと……わかった。親父の仕事の都合で引っ越しして……転校した中学で野球部に入ったんだ。軟式とか硬式とか、関係なく野球がやりたくて……。親父は少年野球チームに入れってうるさかったけど、おれは、中学の野球部で野球をしようって決めて……」

飯田の声がだんだん小さくなる。

「悪かったな、作楽。おれ……今さら謝っても遅いけど、おまえにだけは、どうしても謝らなきゃいけないって……ごめんな」

帽子を取り、飯田が深々と頭を下げる。

ビッキーズという少年野球チームにいたとき、飯田は透哉のバッグに他のチームメイトの財布を隠し、透哉に盗みの濡《ぬ》れ衣《ぎぬ》を着せた。

嫉妬《しっと》からだ。

飯田は、投手として、選手として瞬く間に力を付け、頭角を現し始めた透哉に嫉妬
「飯田くんも……」

し、苛立《いらだ》った。陥れようとした。

おまえにも野球にもうんざりだ。

飯田から投げつけられた一言をまだ、忘れてはいない。忘れられずにいる。だけど、昔のことだ。

そうか、飯田くん、野球を捨てなかったんだ。

「ごめんな。作楽、本当にごめん」

傍らを通り過ぎる人たちが深く頭《こうべ》を垂れる飯田をちらりと見やっていく。まるで気にならなかった。

「飯田くん、知ってる？　今度はうちとぶつかるんだよ」

透哉の言葉が理解できなかったのか、飯田は顔を上げ眉《まゆ》を僅《わず》かに寄せた。

「北一松と八頭森東と、それぞれが勝てば、次はぶつかるんだ」

飯田の喉《のど》が上下に動いた。

「おまえと戦うのか」

「うん。飯田くん、キャッチャーで四番だったよね」

「あぁ、そうだ。そうか……作楽と勝負できるのか」

「待ってる。勝ち残ってこいよな」

飯田が大きく目を見開いた。それから、大きく口を開けて笑った。大きな笑声《しょうせい》だった。

「言うもんだな、作楽。えらい自信だ」

「おれたちは負けないから」

どんなチームにも、どんな相手にも負けない。

飯田が真顔になる。双眸《そうぼう》に強い光が宿った。


瑞希の指がミットの下で動く。ストレートのサインだった。

透哉は大きく振りかぶり、揺るがぬミットへと投げ込む。

真っ直ぐに。

バットが空を切った。

三振。ゲームセット。

「勝ったぞ、透哉」

瑞希がマスクを取り、マウンドへと駆け寄ってくる。

「うん。でも……」

「でも?」

「次がある」

瑞希が白い歯をのぞかせた。

「次も勝つさ。その次も。だろ？」

「うん」

初戦突破。

眼裏に一瞬、飯田折斗の張り詰めた顔がよぎった。

「透哉、サイコー。完封しちまったぞ」

良治が背中を叩《たた》いてきた。じんと痺《しび》れるほど痛かった。その痛みと共に歓喜がじわりと広がる。勝ったからではない。野球ができるからだ。明日《あした》も明後日《あさって》も、一年後も十年後も、大人と呼ばれるようになっても、ずっと野球と一緒にいられる。

そう確信できたからだ。

透哉は空を見上げた。

雲がきれ、真夏の青が広がる。

目に染みる青だった。野球の色だった。

透哉は、瑞希から渡されたウイニングボールを固く握り締める。

グラウンドの風が少年たちを抱くように、吹き通っていった。

本書は二〇一三年七月に小社より単行本として
刊行された作品を文庫化したものです。

グラウンドの詩《うた》

あさのあつこ

平成27年 6月25日　初版発行

発行者●郡司 聡

発行●株式会社KADOKAWA
〒102-8177　東京都千代田区富士見2-13-3
電話 03-3238-8521（カスタマーサポート）
http://www.kadokawa.co.jp/

角川文庫 19162

印刷所●株式会社暁印刷　製本所●株式会社ビルディング・ブックセンター

表紙画●和田三造

ISBN978-4-04-102999-2　C0193

角川文庫発刊に際して

角川源義

第二次世界大戦の敗北は、軍事力の敗北であった以上に、私たちの若い文化力の敗退であった。私たちの文化が戦争に対して如何に無力であり、単なるあだ花に過ぎなかったかを、私たちは身を以て体験し痛感した。西洋近代文化の摂取にとって、明治以後八十年の歳月は決して短かすぎたとは言えない。にもかかわらず、近代文化の伝統を確立し、自由な批判と柔軟な良識に富む文化層として自らを形成することに私たちは失敗して来た。そしてこれは、各層への文化の普及滲透を任務とする出版人の責任でもあった。

一九四五年以来、私たちは再び振出しに戻り、第一歩から踏み出すことを余儀なくされた。これは大きな不幸ではあるが、反面、これまでの混沌・未熟・歪曲の中にあった我が国の文化に秩序と確たる基礎を齎らすためには絶好の機会でもある。角川書店は、このような祖国の文化的危機にあたり、微力をも顧みず再建の礎石たるべき抱負と決意とをもって出発したが、ここに創立以来の念願を果すべく角川文庫を発刊する。これまで刊行されたあらゆる全集叢書文庫類の長所と短所とを検討し、古今東西の不朽の典籍を、良心的編集のもとに、廉価に、そして書架にふさわしい美本として、多くのひとびとに提供しようとする。しかし私たちは徒らに百科全書的な知識のジレッタントを作ることを目的とせず、あくまで祖国の文化に秩序と再建への道を示し、この文庫を角川書店の栄ある事業として、今後永久に継続発展せしめ、学芸と教養との殿堂として大成せんことを期したい。多くの読書子の愛情ある忠言と支持とによって、この希望と抱負とを完遂せしめられんことを願う。

一九四九年五月三日

角川文庫ベストセラー

グラウンドの空　あさのあつこ

甲子園に魅せられ地元の小さな中学校で野球を始めたキャッチャーの瑞希。ある日、ピッチャーとしてずば抜けた才能をもつ透哉が転校してくる。だが彼は心に傷を負っていて――。少年達の鮮烈な青春野球小説！

バッテリー　全六巻　あさのあつこ

中学入学直前の春、岡山県の県境の町に引っ越してきた巧。ピッチャーとしての自分の才能を信じ切る彼の前に、同級生の豪が現れ!?　二人なら「最高のバッテリー」になれる！　世代を超えるベストセラー!!

福音の少年　あさのあつこ

小さな地方都市で起きた、アパートの全焼火事。そこから焼死体で発見された少女をめぐって、明帆と陽、ふたりの少年の絆と闇が紡がれはじめる――。あさのあつこ渾身の物語が、いよいよ文庫で登場!!

ラスト・イニング　あさのあつこ

大人気シリーズ「バッテリー」屈指の人気キャラクター・瑞垣の目を通して語られる、彼らのその後の物語。新田東中と横手二中。運命の試合が再開された！　ファン必携の一冊！

晩夏のプレイボール　あさのあつこ

「野球っておもしろいんだ」――甲子園常連の強豪高校でなくても、自分の夢を友に託すことになっても、女の子であっても、いくつになっても、関係ない……野球を愛する者、それぞれの夏の甲子園を描く短編集。

角川文庫ベストセラー

ヴィヴァーチェ　紅色のエイ
あさのあつこ

近未来の地球。最下層地区に暮らす聡明な少年ヤンと親友ゴドは宇宙船乗組員を夢見る。だが、城に連れ去られた妹を追ったヤンだけが、伝説のヴィヴァーチェ号に瓜二つの宇宙船で飛び立ってしまい…!?

ヴィヴァーチェ　宇宙へ地球へ
あさのあつこ

地球を飛び出したヤンは、自らを王女と名乗る少女ウラと忠実な護衛兵士スオウに出会う。彼らが強制した船の行き先は、海賊船となったヴィヴァーチェ号が輸送船を襲った地点。そこに突如、謎の船が現れ!?

舞踏会・蜜柑
芥川龍之介

夜空に消える一閃の花火に人生を象徴させる「舞踏会」や、見知らぬ姉妹の情に安らぎを見出す「蜜柑」。表題作の他、「沼地」「竜」「疑惑」「魔術」など大正8年の作品計16編を収録。

藪の中・将軍
芥川龍之介

山中の殺人に、4人が状況を語り、3人の当事者が証言するが、それぞれの話は少しずつ食い違う。真理の絶対性を問う「藪の中」、神格化の虚飾を剝ぐ「将軍」。大正9年から10年にかけての計17作品を収録。

きみが見つける物語　十代のための新名作　スクール編
編／角川文庫編集部

小説には、毎日を輝かせる鍵がある。読者と選んだ好評アンソロジーシリーズ。スクール編には、あさのあつこ、恩田陸、加納朋子、北村薫、豊島ミホ、はやみねかおる、村上春樹の短編を収録。

角川文庫ベストセラー

きみが見つける物語 十代のための新名作 放課後編

編／角川文庫編集部

学校から一歩足を踏み出せば、そこには日常のささやかな謎や冒険が待ち受けている――。読者と選んだ好評アンソロジーシリーズ。放課後編には、浅田次郎、石田衣良、橋本紡、星新一、宮部みゆきの短編を収録。

きみが見つける物語 十代のための新名作 休日編

編／角川文庫編集部

とびっきりの解放感で校門を飛び出す。この瞬間は嫌なこともすべて忘れて……読者と選んだ好評アンソロジーシリーズ。休日編には角田光代、恒川光太郎、万城目学、森絵都、米澤穂信の傑作短編を収録。

きみが見つける物語 十代のための新名作 友情編

編／角川文庫編集部

ちょっとしたきっかけで近づいたり、大嫌いになったり。友達、親友、ライバル――。読者と選んだ好評アンソロジー。友情編には、坂木司、佐藤多佳子、重松清、朱川湊人、よしもとばななの傑作短編を収録。

きみが見つける物語 十代のための新名作 恋愛編

編／角川文庫編集部

はじめて味わう胸の高鳴り、つないだ手。甘くて苦かった初恋――。読者と選んだ好評アンソロジーシリーズ。恋愛編には、有川浩、乙一、梨屋アリエ、東野圭吾、山田悠介の傑作短編を収録。

きみが見つける物語 十代のための新名作 こわ～い話編

編／角川文庫編集部

放課後誰もいなくなった教室、夜中の肝試し。都市伝説や怪談――。読者と選んだ好評アンソロジーシリーズ。こわ～い話編には、赤川次郎、江戸川乱歩、乙一、雀野日名子、高橋克彦、山田悠介の短編を収録。

角川文庫ベストセラー

きみが見つける物語 十代のための新名作 不思議な話編

編／角川文庫編集部

いつもの通学路にも、寄り道先の本屋さんにも、見渡してみればきっと不思議が隠れてる。読者と選んだ好評アンソロジー。不思議な話編には、いしいしんじ、大崎梢、宗田理、筒井康隆、三崎亜記の傑作短編を収録。

きみが見つける物語 十代のための新名作 切ない話編

編／角川文庫編集部

たとえば誰かを好きになったとき。心が締めつけられるように痛むのはどうして？ 読者と選んだ好評アンソロジー。切ない話編には、小川洋子、荻原浩、加納朋子、川島誠、志賀直哉、山本幸久の傑作短編を収録。

きみが見つける物語 十代のための新名作 オトナの話編

編／角川文庫編集部

大人になったきみの姿がきっとみつかる、がんばる大人の物語。読者と選んだ好評アンソロジーシリーズ。オトナの話編には、大崎善生、奥田英朗、原田宗典、森絵都、山本文緒の傑作短編を収録。

きみが見つける物語 十代のための新名作 運命の出会い編

編／角川文庫編集部

部活、恋愛、友達、宝物、出逢いと別れ……少年少女小説の名手たちが綴った短編青春小説6編を集めた、極上のアンソロジー。あさのあつこ、魚住直子、角田光代、笹生陽子、森絵都、椰月美智子の作品を収録。

カブキブ！ 1

榎田ユウリ

歌舞伎大好きな高校生、来栖黒悟の夢は、部活で歌舞伎をすること。けれどそんな部は存在しない。そのため、先生に頼んで歌舞伎部をつくることに！ まずはメンバー集めに奔走するが……。青春歌舞伎物語！

角川文庫ベストセラー

カブキブ！ 2　榎田ユウリ

初舞台を無事に終えたカブキ同好会の面々。クロの代役として飛び入り参加した阿久津が予想外の戦力になり、活気づく一同だが、文化祭の公演場所について、人気実力兼ね備える演劇部とのバトル勃発……!?

カブキブ！ 3　榎田ユウリ

大舞台である文化祭を無事終えた、カブキブの面々。部活メンバー同士の絆も深まる中、4月の新入生歓迎会で、短い芝居をすることに！　演目は「白浪五人男」。果たして舞台は上手くいくのか!?

赤×ピンク　桜庭一樹

深夜の六本木、廃校となった小学校で夜毎繰り広げられる非合法ファイト。闘士はどこか壊れた、でも純粋な少女たち――都会の異空間に迷い込んだ彼女たちのサバイバルと愛を描く、桜庭一樹、伝説の初期傑作。

推定少女　桜庭一樹

あんまりがんばらずに、生きていきたいなぁ、と思っていた巣籠カナと、自称「宇宙人」の少女・白雪の逃避行がはじまった――桜庭一樹ブレイク前夜の傑作、幻のエンディング3パターンもすべて収録!!

砂糖菓子の弾丸は撃ちぬけない A Lollypop or A Bullet　桜庭一樹

ある午後、あたしはひたすら山を登っていた。そこにあるはずの、あってほしくない「あるもの」に出逢うために――子供という絶望の季節を生き延びようとあがく魂を描く、直木賞作家の初期傑作。

角川文庫ベストセラー

サッカーボーイズ　14歳
蝉時雨のグラウンド
はらだみずき

キーパー経験者のオッサがサッカー部に加入したが、つまらないミスの連続で、チームに不満が募る。14歳の少年たちは迷いの中にいた。挫折から再生への道とは……青春スポーツ小説シリーズ第3弾！

サッカーボーイズ　15歳
約束のグラウンド
はらだみずき

有無を言わさずチーム改革を断行する新監督に困惑する部員たち。大切な試合が迫るなか、チームを立て直すべくキャプテンの武井遼介が立ち上がるが……人気青春スポーツ小説シリーズ、第4弾！

スパイクを買いに
はらだみずき

41歳の岡村は、息子がサッカー部をやめた理由を知るため、地元の草サッカーチームに参加する。思うように身体は動かないが、それぞれの事情を抱える仲間と過ごすうち、岡村の中で何かが変わり始める……。

最近、空を見上げていない
はらだみずき

その書店員は、なぜ涙を流していたのだろう――。ときにうつむきがちになる日常から一歩ふみ出す勇気をくれる、本を愛する人へ贈る、珠玉の連作短編集。（単行本『赤いカンナではじまる』を再構成の上、改題）

アーモンド入りチョコレートのワルツ
森　絵　都

十三・十四・十五歳。きらめく季節は静かに訪れ、ふいに終わる。シューマン、バッハ、サティ、三つのピアノ曲のやさしい調べにのせて、多感な少年少女の二度と戻らない「あのころ」を描く珠玉の短編集。

角川文庫ベストセラー

つきのふね　森　絵都

親友との喧嘩や不良グループとの確執。中学二年のさくらの毎日は憂鬱。ある日人類を救う宇宙船を開発中の不思議な男性、智さんと出会い事件に巻き込まれる。揺れる少女の想いを描く、直球青春ストーリー！

DIVE《ダイブ》!!（上）（下）　森　絵都

高さ10メートルから時速60キロで飛び込み、技の正確さと美しさを競うダイビング。赤字経営のクラブ存続の条件はなんとオリンピック出場だった。少年たちの長く熱い夏が始まる。小学館児童出版文化賞受賞作。

いつかパラソルの下で　森　絵都

厳格な父の教育に嫌気がさし、成人を機に家を飛び出していた柏原野々。その父も亡くなり、四十九日の法要を迎えようとしていたころ、生前の父と関係があったという女性から連絡が入り……。

リズム　森　絵都

中学一年生のさゆきは、近所に住んでいるいとこの真ちゃんが小さい頃から大好きだった。ある日、さゆきは真ちゃんの両親が離婚するかもしれないという話を聞き……講談社児童文学新人賞受賞のデビュー作！

ゴールド・フィッシュ　森　絵都

みんな、どうしてそんな簡単に夢を捨てられるのだろう？　中学三年生になったさゆきは、ロックバンドの夢を追いかけていたはずの真ちゃんに会いに行くが……『リズム』の2年後を描いた、初期代表作。

角川文庫ベストセラー

宇宙のみなしご　森絵都

真夜中の屋根のぼりは、陽子・リン姉弟のとっておきの秘密の遊びだった。不登校の陽子と誰にでも優しいリン。やがて、仲良しグループから外された少女、パソコンオタクの少年が加わり……。

ラン　森絵都

9年前、13歳の時に家族を事故で亡くした環は、ある日、仲良くなった自転車屋さんからもらったロードバイクに乗ったまま、異世界に紛れ込んでしまう。そこには死んだはずの家族が暮らしていた……。

気分上々　森絵都

〝自分革命〟を起こすべく親友との縁を切った女子高生、一族に伝わる理不尽な〝掟〟に苦悩する有名女優、無銭飲食の罪を着せられた中2男子……森絵都の魅力をすべて凝縮した、多彩な9つの小説集。

ぼくがぼくであること　山中恒

ひき逃げ事件の目撃、武田信玄の隠し財宝の秘密、薄幸の少女夏代との出会い……家出少年、小学六年生の秀一の夏休みは、事件がいっぱいで、なぜかちょっと切ない。学校、家庭、社会を巻き込む痛快な名作。

おれがあいつであいつがおれで　山中恒

斉藤一夫は小学六年生。ある日クラスに転校してきた斉藤一美という女の子は、幼稚園の幼なじみのやっかいな子。ひょんなことからある日、一夫の体に一美の心が、一美の体に一夫の心が入って戻らなくなった！